和平方舟
的孩子

简 平 著

少年儿童出版社

感谢

东部战区海军

大力支持

第 1 章

代号"和谐使命",启航!
—— 开始的故事

"报告，发现目标！"

"呜——"

蓦然间，警报声响起，尖锐的声音回荡在和平方舟医院船的每一个角落。

广播里，指挥员在下达命令：

"前方一艘某国滚装船起火并发生爆炸，船上有二十多名船员受伤，现火已扑灭，紧急请求我船医疗救援。现在，全船立即进行海上医疗救护部署！"

在海上平稳行驶的和平方舟即刻提速，将原先正常航速18节提高到20节，高速驶向失事海域。

驾驶室里，值班医生蔡斌进一步了解伤情并向指挥员报告："四名船员伤势较重，一名船员落水失踪，其余船员伤势较轻。"

两名医护人员、两名取证人员和一名翻译，迅速登上随船的直-8JH型救生直升机，轰鸣声中，直升机随即升空，前去

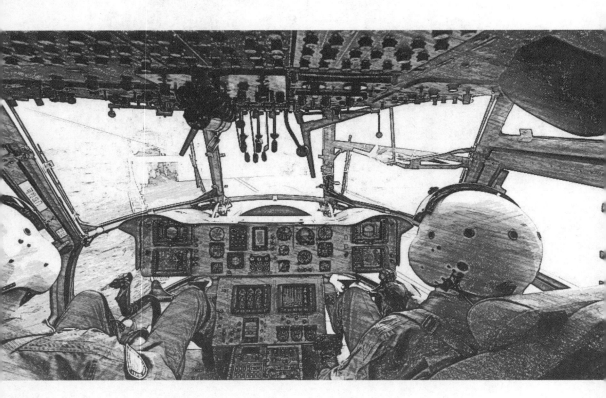

搜救落水人员。

与此同时，两艘高速小艇像离弦之箭离开母船，以30节航速向失事船只靠近。

"报告，发现目标！"

驾驶直升机的一级飞行员马东升第一时间发现了落水船员。

直升机调整高度，靠近落水船员。

平静的大海被直升机旋翼掀起了浪涛。

落水船员在汹涌的波涛里沉浮。

说时迟，那时快，只见救生员陈浩打开舱门，凌空而下。马东升配合着调整直升机的姿态。陈浩继续下滑，转眼之间，他如同勇猛的鹰隼一般准确地抱起了落水船员，旋即上升直达机舱，医护人员对落水船员进行急救，并通报伤情。

从出舱下滑到救人进舱，整个过程只用了2分30秒。

直升机平稳着舰，落水船员被快速转运至主平台。

已在01甲板抢救区就位的医护人员立刻对落水船员做复温、抗休克处置。经CT检查后，组织眼科和口腔科会诊。在手术室，医护人员还对落水船员进行了颜面部探查和清创缝合，最后送往重症监护室观察治疗。

这时，两艘高速小艇也用最快的速度分批将二十多名伤员从出事船只运送到了医院船上。

医护人员立马对抵达的伤员进行检伤分类。

负责分诊的医生根据不同的伤情，对危重伤员实施抢救，将重伤员转送到手术室，轻伤员则分别送往辅助检查室和治疗室。

此刻，手术室里，急救药品、手术器械和心电监护器材就位等手术准备已经完成，医护人员正严阵以待。

一名重伤员在手术进行过程中突发状况，大面积出血，血压骤降，情势危急，主刀医生即时通过无影灯上的摄像头和远程医疗会诊系统，与远在上海的海军军医大学本部专家组共同会诊，制订最佳救治方案。

手术室里气氛凝重。主刀医生精确地寻找出血点，护士紧盯着监控仪器，电子屏幕闪烁不已。

专科医生根据各项数据指标使用药物。

几处出血点都找到了，控制出血后，伤员血压开始回升。

手术继续进行。

这时，由于一名伤员颅脑损伤严重，经检查和紧急救治后，决定将他送往当地的海军基地。

直升机再次起飞。

医疗救援还在紧张而有条不紊地进行着。

……

这是我从和平方舟医院船的《航海日志》里摘录的。

这是一次海上演习，当时，和平方舟正驶往巴布亚新几内亚的莫尔斯比港。

"航行一路，学习一路，训练一路，提高一路"，这是和平方舟医院船的原则，全船官兵必须把训练和执行任务紧密结合起来。

于是，这天上午，和平方舟举行了一场复杂海况下的全员额、全要素、全流程的海上医疗救护与后送演练。

读着一页页的《航海日志》，我惊心动魄。

"和平方舟是这样命名的"

很早的时候，我就听过关于诺亚方舟的神话传说。

那是在一场特大洪水到来之前，一个名叫诺亚的人带领全家造了一艘大船，这艘大船有三层，看上去像房子一样方方正正，所以称为方舟。方舟用柏木之类的防水高脂树木建造，里里外外都涂上了焦油。据传方舟长133.5米，宽22.3米，高13.4米，总容积达40000立方米，底舱面积为8900平方米。后来有人推测，方舟的大小及排水量大约是二十世纪初建造的

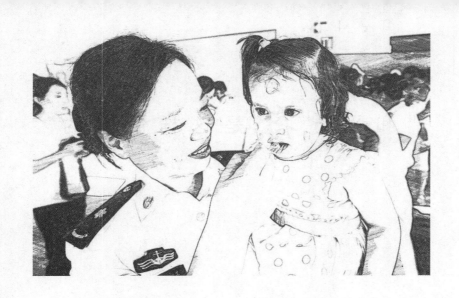

著名的泰坦尼克号的五分之三。虽然泰坦尼克号首航便不幸撞上冰山沉没，但我看到过它的许多照片，那可真是个庞然大物。

诺亚一家刚把方舟造好，大洪水就滚滚而来，天空如同关不上的窗子，大暴雨下了整整四十个昼夜，汹涌的洪水将最高的山都淹没了，陆地上的生物全部死亡，只有躲在方舟里的诺亚一家人以及动物们幸存了下来。

后来，人们便用"方舟"来形容可以给人们带来生命和希望的大船。

如果说诺亚方舟是传说中的神话故事，那和平方舟则是茫茫的蔚蓝海洋上飘扬着鲜艳五星红旗的真实的生命之舟、友谊之舟、幸福之舟。

那天，我在海军某基地见到曾在和平方舟上担任过宣传干事的江山，请他跟我说说和平方舟的"来历"。

原来，和平方舟的正式舰名为"岱山岛"号，舷号为866，于2008年10月入列中国人民解放军海军。

海军舰艇是浮动的国土，为了便于通信联络、指挥和调动，每艘舰艇从建造或入列时就有了自己的舰名和舷号。舰名是军舰的番号，舷号是军舰的代号，也是该舰对外的公开称谓。

根据我国《海军舰艇命名条例》，新建造和新入列的舰艇，由批准授名机关正式授予舰名和舷号，颁发《舰艇命名证书》，举行命名入列典礼，而且舰艇命名是"终身制"，自始至终不再更名。

舰艇命名可讲究呢，简直是一门大学问。

先说舰名吧。我国海军的驱逐舰以大中城市命名，如"杭州"号驱逐舰；护卫舰以中小城市命名，如"常州"号护卫舰；补给舰以湖泊和小岛命名，如"千岛湖"号补给舰；弹道导弹核潜艇以"长征"加序号命名，如"长征"6号；常规导弹潜艇以"远征"加序号命名，如"远征"23号；常规鱼雷潜艇以"长城"加序号命名，如"长城"18号；扫雷舰以州或县命名，如"鹤山"号扫雷舰；猎潜艇、护卫艇以县命名，如"番禺"号护卫艇；船坞登陆舰、坦克登陆舰以山命名，如"井冈山"号登陆舰；步兵登陆舰以河命名，如"黄河"号登陆舰；训练舰、武器试验舰以人名命名，如"郑和"号远洋综合训练舰。

再说说舷号。通俗地说，我们平时所看到的舰艇部位的大大的数字其实就是舷号，按正规的说法，舷号是标志在舰艇两舷水线以上的编号。我国军舰1字头为驱逐舰，2字头、3字头为常规潜艇，4字头为核潜艇，5字头为护卫舰，6字头为反潜护卫艇（猎潜艇），7字头为导弹护卫艇，8字头、9字头为补给舰、扫雷舰、登陆舰，33字头为气垫登陆艇。

现在，我们知道和平方舟正式舰名"岱山岛"和舷号"866"的来历了吧——这艘医院船属于补给舰系列。

可是，今天，全世界都把"岱山岛"866号舰叫做"和

平方舟", 那是因为该舰入列十多年来, 截至 2019 年 12 月,
九次走出国门, 航行二十四万余海里, 到访四十三个国家和地
区, 为二十三万多人次提供医疗服务, 实施手术一千四百余台,
让五百多名白内障患者重见光明, 所以, 人们便用"和平方舟"
来赞美它。

　　有意思的是, 鉴于"和平方舟"这个名称已声名远扬, 当

医院船驶抵港口，医护人员在甲板上列队站坡时，他们右手臂套着的袖套上，除了红十字，那四个鲜红的汉字正是"和平方舟"。

我想，这是一个多么美好而温暖的名字啊，犹如用轻漾的海波做成的摇篮，会将祈求光明和没有病痛的人们送进甜甜的充满希望的梦乡。

"你 生 在 一 条 大白船 上"

阳光明媚，天蓝云白。

那天，在浙江舟山某军港，我登上了和平方舟。

这里是和平方舟的母港。

虽然就在岸边，但我还是走了很长一段路才踏上舷梯。

这真的是一艘大船啊，威武雄伟，看上去有一座山那么大，在它面前，我觉得自己变得很小很小。阳光照射下来，我看到自己的影子是那么短，它的影子是那么长。

我手里有一张和平方舟缓缓驶进多米尼加圣多明各港时拍下的全船照片，照片上和平方舟壮观的身姿让我惊叹不已，可当我真的登上这艘舰艇时，我的震撼感更为强烈。

和平方舟全长 178 米，宽 25 米，满载排水量 14219 吨，吃水深度达 11 米，从上到下共有 8 层电梯。我前面说过诺亚方舟的神话传说，从这些数据就可以知道，和平方舟比诺亚方舟大多了，所以在和平方舟面前，连神话传说都显得失去了想象力。

和平方舟不仅体积大，而且开得快。它用 4 台柴油机做动力，功率为 150 000 马力，最高速度 20 节，续航距离达到 5000 海里，最大抗风力 12 级。如果用最快速度航行，和平方舟会不会就像是在大海上奔跑的一辆快速列车呢？

和平方舟还停在岸边时，我望向它，它的舰艏昂然向上，直插云天，在我看来，还像是一条从海洋深处飞身跃起的大鲸鱼。从舰首到舰尾，高高的风向标和瞭望台托举起一条连贯的长绳，上面挂满了七色缤纷的彩旗，如同天上横跨大洋两岸的彩虹。舰侧醒目的舷号 866 和三个耀眼的红十字，可以用"斗

大如牛"来形容，在阳光下格外鲜亮。

最为醒目，也最让我震撼的是和平方舟通体白色，白得如此干净、如此神圣、如此高贵，仿佛纤尘不染，纯净如初，让人信任，让人安心，也让人温暖。

我这样想着，感觉这是一幢童话里白得透明的水晶宫殿。

其实，尽管我们可以凭借想象，用世界上所有的颜料一百次一千次一万次地给和平方舟涂上艳丽的色彩，但是和平方舟只能选择一种颜色，那就是白色，因为它是一艘医院船。

和平方舟全船上下八层共分为航海、观通、枪帆、机电、航空、船务、医疗中心七个部门，其中六层均为医疗舱室，医用面积达4000平方米，说它是一幢漂浮在海上的"医院大楼"

一点儿都不夸张。

和平方舟是一座海上医院。这艘万吨级医院船达到了我国三级甲等医院的水平，医疗设施完善，装备先进，船上设有特诊室、特检室、内科诊疗室、外科诊疗室、口腔诊疗室、眼耳鼻喉诊疗室、妇科和儿科诊疗室、电脑断层扫描室、数字 X 射线摄影室、药房、血库、制氧站、中心负荷吸引真空系统和压缩空气系统等医疗系统，配备 217 种共 2400 多台（套）的各种设备，可以同时展开八台手术。

诊疗区是医院船的主体部分，相当于陆上医院的门诊和病房。这里拥有 5 个医生办公室、2 个医护办公室和 8 个护士站。

我一路走过，看到各个诊疗室中，先进的仪器应有尽有：血型鉴定仪、溶浆机、彩色多普勒便携式超声诊断仪、快速机械消毒器、牙科综合治疗机……在电脑断层扫描室里，我看到

CT 机的精度都是最顶尖的 64 排。在数字 X 射线摄影室里，我看到所有的 X 光机都可实现影像的三维构建。除了 CT、DR、眼科显微手术系统，我还见识了数字单兵信息监测系统、手术仿真系统、远程心电系统、移动医护系统和机器人脑遥控操作立体定向手术等最新的硬件系统和新技术。

医疗信息中心让我大开眼界。信息中心由病员呼叫、闭路监控、远程医学和医疗舱室网络组成，可实时监控各医疗区域，手术室里的伤员救治情况、伤员在病房的诊疗情况等都被清晰地展示在这里的闭路电视系统中。信息中心还可以通过卫星与岸基中心医院建立视频网络，进行医学远程会诊。我突然想到一个问题，如果医生们在这里进行会诊，需不需要扯着嗓子说话，因为我以前坐船出海时，那船上的机器轰鸣声太大了，船还老是震动着，我跟别人讲话得大声喊叫。我询问后方知，和平方舟采用的减震降噪措施，能有效缓解海上航行的噪音和震动问题，堪称一座"安静的医院"。

我特意去看了病房。和平方舟共有 300 张病床：重症监护病房 20 张床、重伤病房 109 张床、烧伤病房 67 张床、普通病房 94 张床、隔离病房 10 张床，每个病房都干净整洁，设备齐全，我按了一下床位上的呼叫机，顿时，护士站那边铃声骤响。经过一条走廊时，我看到有一部电梯，但与我们平时所见的完全不同，问了一下才知道，这是供伤员转运使用的特殊规格的电梯，和平方舟上共有3部。

我兴致勃勃地来到舰尾，那里有近千平方米、比两个篮球场还大的飞行甲板，可供多种型号的直升机起降。我想，如果出任务时，直升机在这里起起落落，那场面一定就跟拍电影大片一样。

从甲板上可以看到6艘全封闭伤病员专用救生艇，它们分别安置在甲板两侧，形状就像6个椭圆形的"面包车"，可同时撤离三百名伤病员，这是"生命之舟"的最后一道生命防线。

和平方舟空间宽敞，除了医疗区外，还有生活区，生活区里设有图书馆、餐厅、洗衣房、健身房、理发室等。我走进健身房时，把眼睛瞪得老大，因为里面什么设施都有，有放松拉伸系列的律动机，有有氧锻炼系列的跑步机、划船器，力量锻炼系列的训练器更是五花八门，练腹肌的、练背肌的、练二头肌的、练三角肌的，应有尽有。我心里想，难怪和平方舟上的军医们，个个既文质彬彬，又身强力壮。

在中国整体实力发展的推动下，中央军委做出了海军战略转型的重大决策，即海军从近海防卫走向远海防卫，正是在这样的背景下，和平方舟的建造提上了日程，而且推进速度极快，年年都传来捷报：2005年，医院船设计启动；2006年，开工建造；2007年8月，船体下水；2008年10月，交付部队，入列东海舰队；2009年，在人民海军成立六十周年暨多国海军活动中首次公开亮相，同年10月20日，第一次执行任务，从上海吴淞军港出发，由北向南航行，远至西沙南沙，途经十八个岛礁，开展"和平方舟医疗服务万里海疆行"；2010年8月31日，从舟山军港起航，前往亚丁湾海域及吉布提、肯尼亚、坦桑尼亚、塞舌尔、孟加拉国亚非五国执行代号为"和谐使命—2010"任务，这是和平方舟首次走向国外。

如今，闻名遐迩的和平方舟已经成为中国现代海军的一个重要标志和一张靓丽的名片。

高高的桅杆上，五星红旗迎风飘扬。

枕着轻轻的海涛声，我读着这样一个故事：

2017年9月21日，这一天是世界和平日。

正值雨季的塞拉利昂出了太阳，阳光灿烂。

此时，正在执行"和谐使命—2017"任务的和平方舟停泊在港口。

妇产科专家、海军军医大学教授胡电下了船，奉命前往位于弗里敦市内的中塞友好医院巡诊。塞拉利昂是世界上最不发达国家之一，儿童和孕产妇死亡率都很高。

胡电刚到，几位当地医生便急急地围拢而来，他们告诉胡电，一位名叫拉玛图的孕妇情况非常不好。

胡电当即为孕妇做了检查，发现她患有妊娠期糖尿病，血糖很高，胎儿已经出现宫内缺氧的表现。胡电判断，如果不及时手术，随时可能导致胎儿死亡。但是，这家医院却条件有限。危急时分，胡电提议即刻将孕妇转至和平方舟进行手术。

一场与时间赛跑的生命接力开始了。

医院船启动应急预案。

紧急调配手术室和病房。

开启专用绿色生命通道。

一个由妇产科、心内科、儿科、麻醉科医生加入的专家团队迅速组成。

晚上 22 点 20 分，手术正式开始，麻醉，消毒，铺单……

八分钟后，随着一阵响亮的啼哭声，一个约六斤重的婴儿

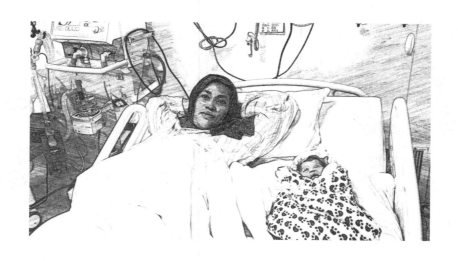

顺利出生，母子平安。

"术中发现，孕妇几乎没有羊水，胎盘大范围钙化，脐带水肿、短，缠绕颈部一周，情况太危险了！"

胡电深深地呼出了一口气。

这位曾在四川汶川大地震震后救援中从死神手里抢回四个"地震宝宝"的军医，这次又在和谐征途上抢回了一个小宝宝。

这是在和平方舟上诞生的第六个新生命。

因为孩子是在和平方舟上出生的，那一天又恰好是世界和平日，所以，孩子的父亲依巴拉黑尼给宝宝起了"和平"的名字。

孩子的母亲拉玛图看着身旁躺着的宝宝，露出了幸福的笑容，她对宝宝说："孩子，你知道吗，你是在一条大白船上出生的，如果有一天，和平方舟又回来了，你一定要到海边去迎接！"

海风轻拂。

我想，现在，这个叫"和平"的塞拉利昂孩子，肯定已经会走路了，他会不会常常到海边，期盼着一条大白船远远地驶来？

第2章

我 看 见 大 白 船 啦！

—— 被 救 治 的 外 国 孩 子 的 故 事

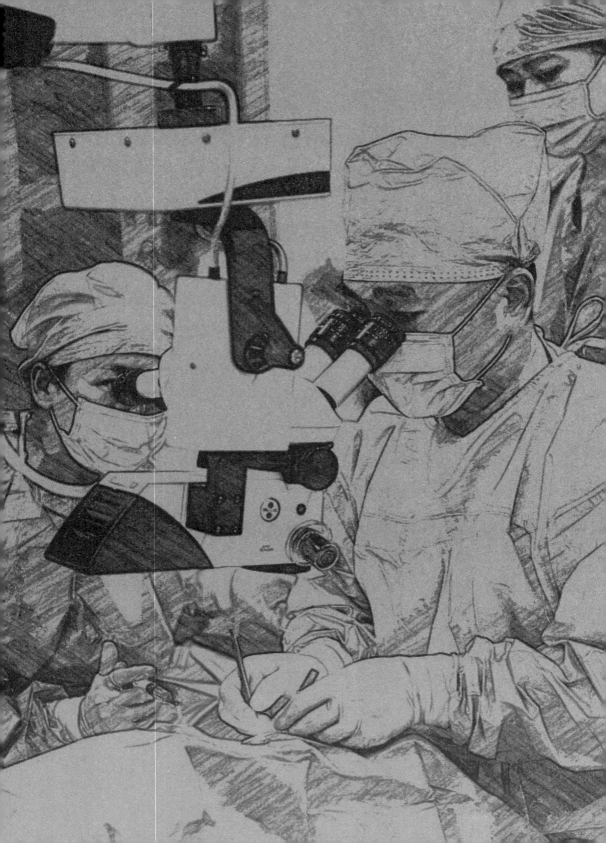

"我又可以踢足球啦"

　　男孩艾尔兰德斯是个"小足球先生"，他在哥斯达黎加一个小岛上读中学。

　　哥斯达黎加位于拉丁美洲，很早的时候是印第安人的居住地，东临加勒比海，西靠北太平洋，有着长达1200公里的海岸线。哥斯达黎加在西班牙语中意为"富庶的海岸"。

哥斯达黎加人很喜欢足球，艾尔兰德斯也不例外，他非但是个足球迷，还是校足球队队员。

艾尔兰德斯最崇拜的偶像是哥斯达黎加国家足球队的前锋万乔普。大家都说万乔普是禁区内的一头"猎犬"，捕捉能力非常强，总有机会抢到球。艾尔兰德斯把有他头像的海报贴在自己的床头，并暗暗下决心，以后也要进国家足球队，成为第二个万乔普。

艾尔兰德斯很努力，每天放学后，就在操场上跟校足球队的小伙伴们一起训练。他满场飞奔，一刻不歇，因而教练很器重他，说他有当前锋的天赋，既灵活跑得又快，还称他是"小足球先生"。这可是最尊贵的称呼了，要知道，在哥斯达黎加，只有最优秀的男子汉才会被人尊称为"先生"。

教练的夸奖，让艾尔兰德斯更有信心，也更加来劲了。

有一天，艾尔兰德斯一到家，就告诉他妈妈蓓蕾丝，他们校足球队马上就要去参加中学生校际足球比赛了。他说，教练和小伙伴们都商量过了，要强化训练，争取拿座奖杯回来。蓓蕾丝说，儿子，我也为你鼓劲！

每天，艾尔兰德斯跟他的小伙伴们一放了学，就立刻到操场上去训练。

教练很严格，不光是练球，还要练体能，他们甚至还在腿

上绑上沙袋练起跳。教练对艾尔兰德斯说，你得跑得更快些，所以要比别人多练几个百米跑。艾尔兰德斯挥汗如雨，但他咬紧牙关，刻苦训练，他要为荣誉而战。

那天训练时，教练对艾尔兰德斯大声叫道："小足球先生，该拿出前锋万乔普的劲儿啦！"

这时，艾尔兰德斯已经从边路突破到禁区，一个队员打了个配合，非常默契地将球传了过来，只见艾尔兰德斯像尖刀一样飞身而起，这是极具杀伤力的，进球即在瞬间。可是，就在这时，一个同样在飞奔的队员刹不住脚，猛地朝艾尔兰德斯撞去。

艾尔兰德斯重重地摔倒在地。

教练和队员们迅速围了过来。

躺在地上的艾尔兰德斯痛得脸都扭歪了。但他拒绝所有人的搀扶，他竭力想要自己爬起来。

但是，艾尔兰德斯的努力失败了。

艾尔兰德斯扭伤了腰，累及腰椎。

当他被抬回家里后，他的妈妈蓓蕾丝吓得脸色惨白。

一周后，艾尔兰德斯终于从床上爬了起来，可他发现自己无法弯腰了。

不要说踢球了，如今的艾尔兰德斯连生活都受到很大影响。

本来，艾尔兰德斯想早点好起来，这样，他还能参加校际比赛。蓓蕾丝带着儿子到处求医，但那些医生查看了他的情况后都说无计可施，除非动手术，不然，艾尔兰德斯将终身不能弯腰，疼痛会伴随一辈子。

蓓蕾丝请求医生为艾尔兰德斯动手术，可他们都回绝了，因为这个手术风险太大了，他们没有信心，也没有能力。

艾尔兰德斯最后没能赶上参加校际足球比赛。

那一天，他把自己关在屋里，看着墙上的万乔普，痛哭流涕，泪水将他的枕头都打湿了。

六个多月后，不肯放弃的蓓蕾丝带着艾尔兰德斯去了另一家医院。

好消息和坏消息同时传来。

好消息是，这家医院同意为艾尔兰德斯进行手术治疗。

坏消息是，手术时间得排到两年之后。

蓓蕾丝掩面哭泣，她的儿子能等两年吗，两年的时间会怎样摧毁一个可爱而帅气的"小足球先生"！

事情真的糟透了，简直令人绝望。

艾尔兰德斯情绪消沉地躺在床上。

蓓蕾丝心事重重地陪他看电视。

突然，电视里播出了一条新闻：执行"和谐使命—2011"

任务的中国海军和平方舟医院船刚刚抵达哥斯达黎加的蓬塔雷纳斯港，将为这里的民众提供医疗服务。

艾尔兰德斯盯住电视屏幕上的那条大白船，眼珠一动不动。

蓓蕾丝也睁大了眼睛。

这条新闻让母子俩的心里重新燃起了希望。

蓓蕾丝搂着艾尔兰德斯说："儿子，这回你可有救了！"

可是，艾尔兰德斯却犹豫起来："妈妈，这只是一条大白船啊，船上能开刀吗？而且，他们会接收我吗？就算接收了，什么时候可以动手术呢？这条船七天后就会开走啊！"

蓓蕾丝坚定地说："不管

怎么样，我们都要去试试！"

第二天凌晨四点，天还没亮，蓓蕾丝便带着艾尔兰德斯从居住的小岛乘船出发，前往蓬塔雷纳斯港。

小船随着波浪摇摆，蓓蕾丝一直抱着艾尔兰德斯的头轻声祈祷。

艾尔兰德斯心里有些忐忑。

当太阳升高后，艾尔兰德斯突然激动起来，因为他看到了和平方舟，他惊喜地大叫："那真的是一条好大好大的大白船啊！"

母子俩走上舷梯时，才发现前来就诊的人实在太多了，他们很担心自己排不上号。

的确，蓬塔雷纳斯地区居住着近二十六万人，但医生很少，看一次病往往要提前半年预约，所以，当和平方舟到来的消息传开后，各种患者蜂拥而来。指挥员多次召集相关人员，研究提高服务效率的应对措施。那些天，所有的医护人员都在与时间赛跑，同病魔交锋。

通过电子伤票系统，艾尔兰德斯很快就挂上了号。

为艾尔兰德斯接诊的是军医丁宇。

艾尔兰德斯和他的妈妈蓓蕾丝做梦都不会想到，他们遇到了一位中国非常出色的外科专家。

一脸憨厚的丁宇是海军总医院脊柱微创中心康复医学科主任，他在第四军医大学获得博士学位，现在自己也成了教授，是骨科和运动康复双专业硕士研究生导师。他曾在香港大学骨科学系进修，还在美国亚利桑那州DESERT脊柱外科中心做过访问学者，他的主要研究方向是微创脊柱外科。

说到微创脊柱外科，丁宇可是我国这方面的领军人物，他提出以"立体微创"治疗颈椎病、腰椎间盘突出及腰椎管狭窄症、脊柱术后残留疼痛，形成了针对脊柱椎间盘疾病的系统微创治疗特色。他最厉害的地方是，虽然自己是位西医，但对中医的经络学说也深有研究，所以擅长用中西医结合的手法进行微创脊柱手术。简单地说，就是用小手术刀先切开一个很小的口子，然后通过内窥镜对损伤的脊柱进行"修理"。

丁宇和蔼地询问艾尔兰德斯的病情，显然，艾尔兰德斯有点紧张，他怯怯地让妈妈蓓蕾丝代他说。

丁宇听蓓蕾丝讲了她儿子受伤的过程后，轻轻地拍了拍艾尔兰德斯的肩膀，微笑着对他说："原来你是个小足球先生啊！"

这下，艾尔兰德斯放松了下来。

艾尔兰德斯去做了拍片检查，在等检查报告时，他悄悄地对妈妈说："我信任这位医生！"

其实，这时候，丁宇已经通过电脑系统在读片了。他看得那么仔细，任何一个微小的疑点也不放过。当他坐直身子时，已胸有成竹。

蓓蕾丝挽着艾尔兰德斯的手臂回到诊室。

这次是蓓蕾丝紧张了。

倒是艾尔兰德斯先开了口："医生，您可以帮我治疗吗？"

丁宇神色坚定地向他点了点头。

蓓蕾丝一下子握住了儿子的手。

艾尔兰德斯想了一下，问道："是做手术吗？"

丁宇再次点了点头。

艾尔兰德斯追问："是不是要等到下一次大白船来的时候做？"

丁宇微笑起来："不是，是现在就做。"

蓓蕾丝重重地捏了一下儿子的手，但她犹犹豫豫地问道："这是个大手术吧，会不会要开很大一刀？"

丁宇笑了起来："别担心，就开那么小一个口子！"他边说边伸出手指比画了一下。

艾尔兰德斯惊讶地瞪大了眼睛："真的吗？"

"当然。"丁宇像先前那样，轻轻地拍了拍艾尔兰德斯的肩膀，说，"勇敢点，小足球先生！动完手术后，你就可以运动自如了，又可以踢足球了！"

艾尔兰德斯和蓓蕾丝大喜过望，激动地抱在了一起。

很快，艾尔兰德斯办理完了住院手续。

医护人员通力合作，术前检查、麻醉、备血……各个环节均做到无缝隙衔接。

丁宇亲自主刀。

艾尔兰德斯躺在手术台上，说实话，他很紧张，可当他看见丁宇穿着浅蓝色的无菌服走进手术室时，他安静地闭起眼睛，深深地吸了口气——他相信这位医生，也相信等自己醒来后，就会运动自如了。

是的，丁宇是值得信任的微创脊柱手术专家，人人都说他是"一把好刀"，一刀下去，十拿九稳。可老实说，尽管丁宇让艾尔兰德斯放轻松，但他自己并不轻松，虽然他经验丰富，可他对每一台手术都不敢掉以轻心，因为脊柱手术的风险性是很大的，稍有不慎就会损伤患者的脊椎神经，因此，他小心谨慎地给艾尔兰德斯做了几个预案。

手术开始了。

一切都很顺利。

蓓蕾丝坐在手术室外，默默地祈祷着。

谁都没有料到，正当手术进行到关键时刻，意想不到的事情发生了。

突然，海面开始动荡起来，温柔的大海瞬间变成了咆哮的狮子。

原来，由于蓬塔雷纳斯港处于特殊的地理环境，每当退潮时，都会引发附近海面发生剧烈的晃动。

在第一波大晃动抵达之前，丁宇已经敏感地捕捉到了异常。

他心里"咯噔"一下，眉头紧蹙。

没有什么比剧烈的晃动更让主刀医生担忧了，因为晃动非常容易使手里的手术刀也随之抖动，可哪怕是丝毫偏差，都会伤到脊椎神经，直接导致的结果就是瘫痪。

丁宇的额头沁出细细的汗滴。

他果断地停止进刀，紧急请求指挥员的帮助。

危急时刻，指挥员下达命令：

"加固缆绳，保持平稳，保障手术进行！"

几个水兵立刻冲了出去。

强烈的摇晃再度袭来，连坐着的蓓蕾丝都被晃得东摇西歪。她用手紧紧地捂住胸口，感到心跳加快，不由得恐惧起来。

冲出去的水兵们迎着巨浪，将缆绳死死扣住。

其他的水兵沉着地守在自己的岗位上，最大限度地控制船体摇晃。

这一刻，每个官兵都犹如一根定海神针。

与此同时，手术室里的丁宇在其他医护人员的配合下，及时调整自己的身体姿态，再次牢牢地拿起手术刀。他在心里要求自己，即便船再摇晃，手也要稳如泰山。

船体晃动得到了明显控制。

蓓蕾丝站立起来，攥住走廊边的把手。

丁宇全神贯注地看着内窥镜，准确无误地操作着手术刀。

他努力着，他知道全船上下也都在努力。

手术终于完成了。

此时，蓬塔雷纳斯港的上空乌云密集，退潮时引发的海面晃动还在持续。

但和平方舟却稳稳地泊在海中，就像是一座顶天立地、不可撼动的山脉。

艾尔兰德斯被推出了手术室，他还没从麻醉中苏醒。

蓓蕾丝扑过去，紧紧抓住了儿子的手。

不管是艾尔兰德斯，还是蓓蕾丝，他们都不知道刚刚在手术室里发生了什么，不知道这是和平方舟自入列以来进行的最复杂、最惊险的一次手术。

丁宇脱下无菌衣，这个敦厚的山东汉子已浑身湿透。

艾尔兰德斯可以坐起来了。

他试着弯下腰去，这一次他成功了。

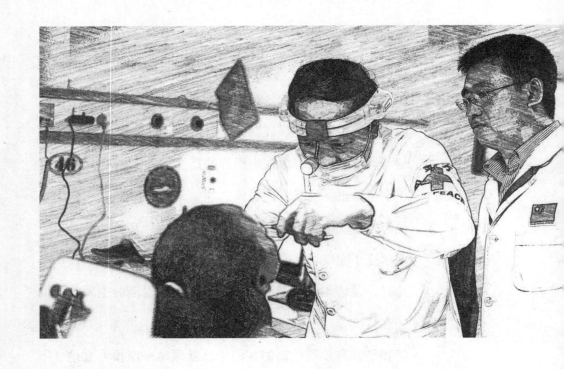

　　顿时，泪水夺眶而出，这回不是伤心，而是喜悦。

　　蓓蕾丝同样泪流满面。

　　这时，丁宇来了，他亲切地询问艾尔兰德斯感觉如何，然后，指导他进行恢复性锻炼。

　　真的，想想就是个奇迹，也就短短几天的时间，艾尔兰德斯很快就像丁宇预言的那样"运动自如"了。

　　蓓蕾丝跟艾尔兰德斯说："儿子，我们漫长的求医路在中国的和平方舟上可以画上句号了。"

　　出院的那天，艾尔兰德斯拉着丁宇，一定要跟他拍一张合影。

丁宇问他，以哪里为背景？

艾尔兰德斯回答，当然是大白船。

通体白色的和平方舟在阳光下格外亮眼。

蓓蕾丝说："我觉得自己还像是在梦中。"

丁宇伸出手去与艾尔兰德斯握别，艾尔兰德斯久久不愿放手，他跟丁宇说了好多好多话。他说，他要重新回到校足球队，重新回到小伙伴们的身边。他说，教练已经和他说过了，让他参加下一次的校际足球比赛，他们不能缺少他这个身手矫健的前锋。他说，除了万乔普，现在他有了第二个偶像，那就是中国军医。

丁宇轻轻拍了拍艾尔兰德斯的肩膀，跟他说："小足球先生，你一定会梦想成真，如愿以偿的！"

艾尔兰德斯面对大海，使出浑身的力气大喊一声："我又可以踢足球啦！"

我是在丁宇那里看到他与艾尔兰德斯的合影的。

丁宇告诉我说，他很想念远在哥斯达黎加的这位男孩，他希望去除了病痛的艾尔兰德斯会更加健康快乐地成长。

48

"大白船 一 定 还 会 来 的"

执行"和谐使命—2018"任务的和平方舟缓缓驶入斐济的首都苏瓦港。

这是和平方舟的第二次到访，距离上回已有四年了。

在这四年的时间里，戴安娜的妈妈一直在自责，一直在说："后悔啊！后悔啊！"有人对她说，这世上没有后悔药，你就不要懊丧了。听了这话，她心里更加难受了。

戴安娜知道，妈妈是因为她才这样的，但她不想看到妈妈的沮丧和难过。

　　六岁的戴安娜非常懂事，她抬起左手给妈妈擦了擦眼泪。

　　戴安娜从来不将她的右手示人。

　　戴安娜跟妈妈说："你不用后悔的，因为中国的那条大白船一定还会来的！"

　　妈妈耸了耸肩，嘟着嘴说："你怎么知道？"

　　戴安娜眨着眼睛说："我就知道！"

　　妈妈看了看她，然后把眼光移开了，"你是做梦吧？"

　　戴安娜很认真地点了点头，"妈妈，我悄悄地告诉你哦，我真的在梦里见过你说的那条中国的大白船，那是一条很大很大的船，我在梦里看到它从很远很远的海上开过来！"

　　妈妈不禁笑了起来。"你这叫白日做梦，大白船开走就开走了，不会再来了！"说完，她又叹了口气，"唉，我真的后悔极了，上次大白船来的时候，如果我不犹犹豫豫，说不定你的手和你的脚都已经治好了！唉，错过了，错过了！"

　　戴安娜垂下了她长长的睫毛。

　　戴安娜是个非常漂亮的天使般的小女孩，有着可爱的脸蛋、大大的眼睛、长长的睫毛。

　　但戴安娜生下来时手脚就先天畸形。她的右手中指短了一大截，无名指（在医学上叫环指）上多出好几块肉，却少了一个关节，不仅难看，还影响了功能；她的左小腿上有明显的凹陷，导致两条小腿粗细不一，有两个脚趾还连在一起，严重限制了正常运动。

因为手脚畸形，所以，戴安娜走路困难，在生活中很是不便。最最让她妈妈心疼的是，戴安娜从小就有自卑感，觉得跟别的小朋友比，自己是个不正常的人，因此，她从不将右手示人，在小朋友们面前，甚至连好好的左手都不愿意伸出来，她也不愿意穿裙子。

可是，在斐济，谁不穿裙子呢，不要说女人了，就连所有的男人都是穿裙子的。

斐济是太平洋上的最大岛国，由三百三十二个岛屿组成，从空中俯瞰，一座座岛屿犹如一颗颗美丽的宝石。斐济地跨东西半球，180度经线贯穿其中，所以，有人说，这里是最东也是最西的国家，可以看到最早的日出与日落。

斐济地理位置重要，是南太平洋地区的交通枢纽，连接起南太平洋岛国之间、南太平洋与其他大陆的运输线，因而被称为"国际航空中转站"。你如果想到南太平洋国家旅游，那么，你首先到达的机场一定是斐济，通过那里再转机去往其他目的地。

因为斐济盛产蔗糖，所以被称为"甜岛"。这里气候宜人，有柔软的、洁白如雪的沙滩，有漫长的海岸线，空气新鲜、澄澈、干净，到处都是茂盛的植物。明亮的阳光洒在南太平洋上，可以看到不同层次的海蓝色，让人感觉真是身在梦幻天堂。

说到女人和男人都穿裙子，那是因为裙子是这里的正装，参加各种重要的、正式的活动，都得穿上正装，因此，可以想见，戴安娜不愿穿裙子，她的心里该有多么自卑和孤独。

小小的戴安娜把自己封闭了起来。

四年前，当和平方舟第一次来到这里时，有人劝戴安娜的妈妈带孩子去让中国军医看一下，但是，由于戴安娜的妈妈带着戴安娜看过太多医生，有斐济的，有印度的，有英国的，他们都说做这种矫治手术太难了，即便要做，也需要很长的过程，不是动一刀两刀就可以解决的，戴安娜的妈妈干脆死了心，所以，她拒绝了大家的建议和劝告。

那时的戴安娜才两岁，她不知道妈妈做了这样一个决定。

在她懂事后的一天，她问妈妈："你为什么不带我去见见中国军医呢，或许他们真的很有本事，真的能帮到我呢？"

从那一天起，戴安娜的妈妈就开始后悔起来了——是啊，为什么不找中国军医试试呢？或许我们真的错过了一个最好的机会！

戴安娜的妈妈开始自责起来，她想，那次错失的不仅仅是治疗，更是戴安娜的人生，戴安娜的梦想啊！

有一次，戴安娜在电视里看到有人在跳舞，那不是斐济当地人跳的那种热情奔放的传统民族舞蹈米克舞，而是以前她从来没见过的：跳舞的女孩踮着足尖，滑步、踢腿、跳跃、旋转，舞姿典雅而优美。

戴安娜看得目不转睛，她被深深地吸引住了。

妈妈告诉她，这是芭蕾舞。

戴安娜说："妈妈，芭蕾舞太美了，我也可以跳吗？"

妈妈没有回答，赶紧背过身去。

戴安娜试着站起身来，她学着电视里的样子，踮起脚，展开双臂，但她没有办法站稳，而且她恐惧地发现自己露出了难看的右手。

她颓丧地倒在了床上。

不过，戴安娜的心里从此有了一个芭蕾梦。

她多么希望有一天治好了自己的手脚，然后穿上裙子走出去，然后去学跳芭蕾舞，再然后走上绚丽的舞台，展示她那天使般的美丽身姿和美丽笑容。

戴安娜发现，在自己做的梦里头，芭蕾舞总是和一条大白船联系在一起，梦中的她一次一次地看见自己踮着脚尖在旋转，而身后的天幕深处，一条通体洁白的大轮船正乘风破浪地驶来。

只是，除了妈妈，戴安娜从来没将她的芭蕾梦告诉过任何人。

妈妈对她说："那你就每天祈祷吧，说不定大白船还真能听见你这个小天使的呼唤呢。"

戴安娜天天趴在窗口，天天在心里祈祷。

真的，和平方舟真的又来了！

从天而降的好消息让戴安娜恨不得跳起来。

戴安娜搂着妈妈说："我说的吧，我说过大白船还会来的！"

妈妈一边流着眼泪，一边激动地说："明天一早我们就赶过去，这次可一定不能错过了，我不能后悔一辈子！"

当和平方舟还在靠岸，离码头还有些距离时，岸上无数迎候着的人们已经热情高涨地高呼起来：

"BULA（您好）！BULA！"

在人群里，就有戴安娜和她的妈妈。

戴安娜拼命地用左手高举中国和斐济两国的小国旗，跟着大人们一起欢呼：

"BULA！BULA！"

戴安娜希望船上的军医们能听见她的呼喊。

患者早晨醒来后，第一眼看到的是我们的护士，这样，他们心里就会感觉更踏实了。"

这是任何一个国家的任何一位医务工作者听了都会感动也无法拒绝的理由。

这无关谈判技巧，完全出于医者的责任；这无关颜面，体现的是一种担当。这种责任和担当超越了国界，打破了成见，消除了隔阂，增进了理解，加强了友谊。

这个小插曲，体现了和平方舟有着怎样的比大海更加宽阔的胸怀啊。

斐方护士们登船了。

戴安娜的妈妈看到本国的护士，心里的确更加踏实了。

夜幕降临了，海风微微吹拂着和平方舟。

戴安娜抱着冯苹送给她的那只长毛绒大熊猫进入了梦乡。

这时候，冯苹正在安排斐方护士的工作流程，这位有着二十年重症监护室（ICU）临床护理工作经验的护士长，耐心细致地向她们讲解每一种设备的使用方法，指导各种护理技能……

第二天，戴安娜接受了两个多小时的全麻手术，手足畸形都得到了成功矫治。

她被送进了病房，并在那里一直住到医院船离开的前夕。

这些天，冯苹带着她的中斐护士团队为戴安娜精心护理。

虽然冯苹是个经验丰富的老护士，但自从上船后，她一直在思索如何在医院船特殊的环境下，在病房里体现中国医疗护理的高品质。后来，她跟我说，在和平方舟上，患者床位的分配、制度流程的优化、技术技能的提升、静态解说的展示，成了她每天工作的重点。每一站，她都带领病房组的护士们进行工作总结，讨论、分析问题，并提出改进、完善的方法，设计并制作了《药品清点登记本》《抢救车清点登记本》《护士交班本》《三氯消毒片消耗登记本》等各类账册，制订了住院流程、留观流程，还创新性地利用公共区域粘贴简易白板，上面书写病房值班信息、患者信息及手术和术后护理信息，甚至还写上了常用的英语交流词汇、专业词汇，使得工作一目了然，同时提高了护患沟通的及时性和有效性。

戴安娜的妈妈生怕医院船开走后，戴安娜会出现什么情况，所以，她不断地向冯苹询问各种问题。

冯苹知道一个妈妈的心思，她不厌其烦地向她讲解，还特别画了图示，标明术后的创面以及护理重点，并关照斐方护士为戴安娜提供后续护理。戴安娜的妈妈这下才放下心来。

戴安娜恢复得非常顺利，她真的很开心，伸出右手给人看，一遍遍地说："我的梦做成了，我的梦做成了。"

戴安娜的妈妈也一遍遍地跟医护人员道谢："感谢和平方舟，这是中国送来的福祉，给了我女儿一双飞翔的翅膀！我再也不用后悔了！"

出院前，戴安娜的妈妈给戴安娜穿上了一条崭新的裙子。

这次，戴安娜没有拒绝。

临走时，冯苹依依不舍地抱起了这个可爱的小天使。

戴安娜凑近冯苹的耳边，悄悄地跟她说："等我长大了，我想到中国去跳一支芭蕾舞来感谢你们！"

患者早晨醒来后，第一眼看到的是我们的护士，这样，他们心里就会感觉更踏实了。"

这是任何一个国家的任何一位医务工作者听了都会感动也无法拒绝的理由。

这无关谈判技巧，完全出于医者的责任；这无关颜面，体现的是一种担当。这种责任和担当超越了国界，打破了成见，消除了隔阂，增进了理解，加强了友谊。

这个小插曲，体现了和平方舟有着怎样的比大海更加宽阔的胸怀啊。

斐方护士们登船了。

戴安娜的妈妈看到本国的护士，心里的确更加踏实了。

夜幕降临了，海风微微吹拂着和平方舟。

戴安娜抱着冯苹送给她的那只长毛绒大熊猫进入了梦乡。

这时候，冯苹正在安排斐方护士的工作流程，这位有着二十年重症监护室（ICU）临床护理工作经验的护士长，耐心细致地向她们讲解每一种设备的使用方法，指导各种护理技能……

第二天，戴安娜接受了两个多小时的全麻手术，手足畸形都得到了成功矫治。

她被送进了病房，并在那里一直住到医院船离开的前夕。

这些天，冯苹带着她的中斐护士团队为戴安娜精心护理。

虽然冯苹是个经验丰富的老护士，但自从上船后，她一直在思索如何在医院船特殊的环境下，在病房里体现中国医疗护理的高品质。后来，她跟我说，在和平方舟上，患者床位的分配、制度流程的优化、技术技能的提升、静态解说的展示，成了她每天工作的重点。每一站，她都带领病房组的护士们进行工作总结，讨论、分析问题，并提出改进、完善的方法，设计并制作了《药品清点登记本》《抢救车清点登记本》《护士交班本》《三氯消毒片消耗登记本》等各类账册，制订了住院流程、留观流程，还创新性地利用公共区域粘贴简易白板，上面书写病房值班信息、患者信息及手术和术后护理信息，甚至还写上了常用的英语交流词汇、专业词汇，使得工作一目了然，

58

"看，我把笔抓起来了"

　　提起埃博拉病毒，就会让人心惊肉跳。2014 年 5 月，这种致死率极高的"超级病毒"悄无声息地潜入塞拉利昂，疫情迅速蔓延，所到之处，一条又一条鲜活的生命惨遭吞噬。直到 2016 年 3 月，世界卫生组织才宣布塞拉利昂疫情结束。

　　真是祸不单行。2017 年 8 月 14 日清晨，塞拉利昂首都弗里敦因强降雨引发特大洪水和泥石流灾害，摄政区的一段山丘崩塌，导致大片房屋被埋，由于事发时大部分民众正在家中睡觉，因而没能及时躲避。这次灾难造成数百人遇难，其中包括许多儿童。

风雨飘摇，两千多人无家可归。

当地政府将受灾民众陆续疏散、转移到市郊外的临时安置点。

那里依托几间简陋的平房，在四周搭起了一个个帐篷。

灾民们惊魂未定。

尤其是受伤和生病的孩子，因为缺医少药，伤口溃烂的、发烧的、肚子痛的、咳嗽的、贫血的……一个个躺在帐篷里，哭声此起彼伏。

三岁零八个月的小男孩阿尔哈吉在他爸爸怀里颤抖不已。

阿尔哈吉是个脑瘫儿。

塞拉利昂位于非洲西部，濒临大西洋，属热带季风气候，高温多雨。塞拉利昂经济很不发达，大半人口生活在贫困线以下，儿童死亡率较高，许多孩子生了病得不到救治。

阿尔哈吉生下来的时候情况就很糟糕，差点夭折，最后总算活了下来，不过，落下了脑瘫的疾患，但他家很穷，看不起病。

本来就很贫困的家庭，如今，一场灾难更是让他们雪上加霜。

谁都不敢再去回想泥石流发生那一刻的惨景，大暴雨中夹杂着强烈而沉闷的轰隆声，大山开裂、崩塌，山石和泥沙组成的洪流迅速从高处滚滚而下，转眼间就吞没了山下的房子、树木和公路。幸好阿尔哈吉家处在山体滑坡的边缘位置，虽然房屋倒塌了，但一家人从令人窒息的泥水灰石中爬了出来。

到处都是撕心裂肺的呼救声和哭泣声。

或许是受了刺激，阿尔哈吉小小的身子不住地扭动，还不时"啊啊"地哭叫，他的一侧有功能障碍的上肢僵硬地耷拉着。

阿尔哈吉的爸爸抱起他，想到帐篷外面去走走，让他安静下来。

可是，临时安置点环境逼仄，地势不平，再加上有灾后疫情发生的可能性，他不敢带着孩子出去。

可阿尔哈吉还在哭闹着。

外面又下起雨来。

阿尔哈吉的爸爸心烦意乱，但也无可奈何。

就在这时，一个好消息从天而降：

中国的和平方舟刚刚抵达弗里敦港口！

从执行"和谐使命—2017"任务的和平方舟上，匆匆走下一支医疗小分队，所有人都身穿全套迷彩服，他们迅速登上一辆中巴车，向临时安置点疾驰而去。

这支队伍中有内科医生、外科医生、儿科医生、妇产科医生、

耳鼻喉科医生、眼科医生以及药师和护士，还有文化联谊人员。

其中的儿科医生蔡斌来自海军军医大学第一附属医院。

四十一岁的蔡斌十九岁时就入伍了，在第二军医大学念完了硕士，是位医术精湛、品格优秀的儿科军医，在他的办公室里，挂满了病孩家属赠送的锦旗。

中巴车在经过一段发生泥石流灾害的区域时，减慢了车速。

蔡斌从车窗里望出去，满目疮痍。

他难过地掉转头去。

临时安置点离市区很远，开车过去即使顺利也需要一个多小时。

车子有些颠簸。

恍惚中，蔡斌想起了另一条车道。

那是在从贡嘎机场开往拉萨的路上……

2010 年 3 月，蔡斌被派往西藏军区总医院，那是空气中含氧量很低的时候，气候寒冷，空气干燥，氧分压低，强烈的高原反应使他头痛欲裂，走路时脚底打飘。但他一进入病房，就精神十足。或许，人在紧张的工作状态中，倒是会顾不上一些东西的。我曾经问过蔡斌，他花了多长时间才适应了高原气候，他说他不记得了，因为工作强度大，他也不能不尽快完成对高原环境的适应。

四月里的一天，从外面医院转入了一个才出生七天的藏族男婴，由于先天性食道闭锁，不能喂食，营养极差，危及生命。

蔡斌和其他科室的医生集体会诊后，决定给婴儿施行食道闭锁矫正吻合手术。

为了保证手术的进行，蔡斌和儿科医生们在前期对婴儿进行了术前清除感染、营养保障等治疗。

六天后，由胸心外科医生施行手术。这个手术必须是在全麻状态下进行的，可是，医院里却没有适用于新生儿的麻醉机。

医护人员急得团团转。

关键时刻，蔡斌挺身而出，决定全程以人工气囊辅助呼吸来保障麻醉。

后来，在整整四个小时的手术中，蔡斌和另外一名儿科医生用手动的方式控制呼吸气囊，以维持全麻期间婴儿的通气功能，同时监测婴儿的血氧饱和度、心率、呼吸，保持稳定。

手术结束后，蔡斌很长时间都站不起来。

术后，蔡斌等儿科医生参与到婴儿在胸心外科 ICU 的监护，制订患儿术后呼吸管理、抗感染、补液、营养支持等治疗方案。

婴儿很快脱离危险，五天后从 ICU 转到了儿科病房。

蔡斌和住院医生、护士对婴儿做了精心护理。其间，患儿曾出现过肺部感染、静脉通道建立困难等问题，经过积极治疗，

迅速控制了感染，并优化补液。经胸心外科医生确认无吻合口瘘等外科情况后，婴儿从术后早期禁食期间的完全静脉营养支持，逐渐调整、过渡到糖水喂养、配方奶喂养，直至经口母乳喂养。

小婴儿手术切口生长良好，体重在一天天地增加。

两周后，这名曾危在旦夕的藏族男婴康复出院。

这是西藏军区总医院第一次成功完成的新生儿全麻下食道闭锁矫正吻合术，鉴于蔡斌在西藏工作期间的突出表现，他荣立个人三等功。

中巴车继续开着。

蔡斌收拢自己的思绪。

他整了整迷彩服。

塞拉利昂天气炎热，当地人大都只穿短袖T恤衫，但为了显示中国军人的精神风貌，同时也为了做好防护，所有的医护人员都穿上了全套迷彩服，长袖长裤，戴上帽子，扎紧袖口裤口，再穿上作战靴。

蔡斌想，临时安置点虽然有被疫情感染的风险，但是，冲往救治的第一线，永远是一名军医的天职。

车子停下了。

医护人员整齐地列队进入临时安置点。

雨后，泥土地面上的凹坑里有些积水，看上去比较浑浊，不太干净。

各科医生各就各位，护士在当地工作人员的帮助下，引导病人挂号预约，按序就诊。

阿尔哈吉的爸爸，早已抱着孩子迫不及待地等在诊疗室了。

别的患病的孩子，也由爸爸妈妈带着，早早地开始排队等候儿科医生为他们诊治。

蔡斌坐到一张旧桌子前。

他接诊的第一个小患者正在发烧，咳嗽，流着鼻涕。

蔡斌轻轻地握着孩子的手臂，询问孩子有什么不舒服。

每次给孩子看病，蔡斌总是这样轻轻地握着孩子的手臂，他希望这个动作能让孩子感到亲切，感到安慰，给孩子带去信任和温暖，让孩子放松和安静下来。

孩子说他喉咙痛。

蔡斌拿起听筒在孩子的前胸、后背听诊，他让孩子吸气、呼气，他仔细地听着，分辨有没有心脏杂音，有没有肺部湿罗音；他又用压舌板对孩子的咽喉做了视诊。

蔡斌诊断，这是急性呼吸道感染症状。

他开出了处方。

拿到药后，蔡斌细致周到地跟孩子家长讲解怎么服用，生怕他们没听懂，他用笔在每种药上做出图示，注明一天服几次，每次服多少。

好几个孩子都是这样的病症，所以，蔡斌觉得这很可能与临时安置点的环境有关，便嘱咐孩子和孩子的家长要注意卫生，多多洗手，常常通风，保持干净，同时也要放松心情。

现在，轮到阿尔哈吉了。

他还在爸爸的怀里哭闹着。

阿尔哈吉的爸爸很抱歉地用英语对蔡斌说："这孩子一直哄不住。"

塞拉利昂的官方语言是英语，不过，这里的人们大多习惯用本民族的语言，比如曼迪语、泰姆奈语、林姆巴语和克里奥尔语。阿尔哈吉的爸爸能说英语，这让蔡斌与他的沟通顺当了许多。

蔡斌看了看阿尔哈吉，然后伸手轻轻地握住他的小手臂。

那时，蔡斌已经看出阿尔哈吉可能是个脑瘫儿了。他之前就知道，塞拉利昂医疗水平很低，有不少脑瘫孩子。

蔡斌拍了拍阿尔哈吉，微笑着对他说："小朋友，怎么了，为什么不开心啊？"

阿尔哈吉看了一眼蔡斌，忽然间停止了哭闹。

阿尔哈吉的爸爸告诉蔡斌，虽然阿尔哈吉患有脑瘫，但语

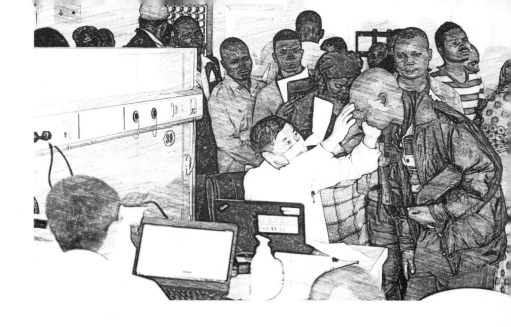

言、智能方面基本正常，能够比较好地交流，主要是一侧上肢有功能障碍，他希望医生能给予指导，提高孩子的生活自理能力。他说："我们一直为阿尔哈吉的将来担忧，如果他可以生活自理，那我们就放心多了。"

蔡斌完全能够体会到阿尔哈吉爸爸的心情，他真心希望自己能为孩子做些什么。

蔡斌仔细地为阿尔哈吉做检查。

阿尔哈吉居然不吵不闹，乖乖地配合蔡斌进行检查，只是两只大大的眼睛一刻都没离开过自己的爸爸。

阿尔哈吉的那侧上肢手臂僵直，手指也不能自如活动，整个上肢的活动幅度很小，所以生活自理能力受限。

蔡斌从阿尔哈吉的眼神里读到了他的紧张和警惕，心里不由得涌起一股深深的怜惜。

说实话，对于重度脑瘫患者，现在还没有很好的治疗方法，不过，对轻症的、主要以肢体功能障碍为主的患儿，蔡斌在临床实践中有过相当的探索，比如教给病孩家长一些简单而有效的办法，帮助孩子进行训练，以改善肢体功能，获得一定的功能康复，达到提高生活自理能力的目的。

蔡斌笑着对阿尔哈吉说："我们一起来做游戏好吗？"

听到做游戏，阿尔哈吉放松了下来。

蔡斌说："你看好了哦，这是我的笔，现在我把笔放到桌子上，你想个办法把笔抓起来。"

阿尔哈吉没有动。

阿尔哈吉的爸爸鼓励孩子尝试一下，但他心里明白，阿尔哈吉做不到。

蔡斌说："勇敢点，试一试，如果抓到了，这支笔就送给你了！"

阿尔哈吉这才伸出他的手臂，可是，他那僵硬的手指不听话，无法抓起笔来。

蔡斌又跟阿尔哈吉说："不着急，你会做到的。现在，你先看我演示一下。"

只见蔡斌弯下身子，把手掌放在那支笔上，然后慢慢地、慢慢地将手指弯曲起来，直到握住笔，最后使劲地把笔拿起来。

　　阿尔哈吉学着蔡斌的样子，把手掌按在笔上，但他却怎么也做不到将手指弯曲起来。

　　蔡斌把自己的手掌放在阿尔哈吉的手背上，然后，轻轻地、轻轻地辅助他把手指弯曲起来，待他快坚持不住时，蔡斌将桌上的笔放进阿尔哈吉的手掌里，然后，帮着他抬起手臂，把笔举起来。

　　阿尔哈吉笑了。

　　蔡斌说："你太棒了！来，再做一次，这回我不帮你了，你自己把笔抓起来！"

　　阿尔哈吉歪着头，伸出手掌，努力地弯曲自己的手指。

　　阿尔哈吉的爸爸也想把笔放进他的手掌里，却被阿尔哈吉推开了，他要自己把笔抓住。

　　蔡斌在一旁不断地鼓励他："好，再弯！好，再用点劲儿！"

　　阿尔哈吉的额头上都冒出了汗滴，但他依然不肯放弃，在继续努力。

猛地，阿尔哈吉把笔抓在了手掌里。

蔡斌和阿尔哈吉的爸爸都鼓起掌来。

蔡斌大声地对阿尔哈吉说："真棒，不要放，再用点力，把手臂往上抬起来！"

阿尔哈吉在蔡斌的辅导下，慢慢地、慢慢地抬起了手臂，而他的手掌里依然抓着笔。

阿尔哈吉成功了！

他的爸爸瞪大了眼睛，无法相信，这可是阿尔哈吉第一次用手掌抓起东西。

阿尔哈吉继续开心地说着："看，我把笔抓起来了！"

他的爸爸激动得流下了眼泪。

阿尔哈吉用他的那只好手，把蔡斌的笔紧紧地拿在手里。

蔡斌笑着对阿尔哈吉说："你知道吗，你还能做更加厉害的动作呢！"

虽然阿尔哈吉是个脑瘫儿，而且四岁都不到，但他却愿意跟这个医生一起玩，一起做游戏。

蔡斌告诉阿尔哈吉的爸爸："今天，阿尔哈吉在诊疗现场能掌握手掌抓握已经很了不起了，如果坚持长期反复的训练，那他的进步还会更大，会有持续性的功能进展！"

说着，蔡斌指导阿尔哈吉的爸爸，平时要用这种方法来训练孩子，一开始，可以用大一点的块状物，让孩子的手指活动起来，然后逐渐过渡到小一点的，同时，还要从训练手掌抓物，慢慢过渡到手指抓物、手指捏取。

蔡斌说："你相信吗，经过训练，孩子不仅能抓笔，还能抓起薄薄的纸呢！"

阿尔哈吉的爸爸非常惊讶，一个劲儿地点头。

蔡斌又和他说："你要多跟孩子一起做手工，做游戏，那样的话，孩子的手部动作能力一定会得到提高的。"

阿尔哈吉在一旁等不及了，他想跟蔡斌继续做游戏。

蔡斌再一次弯下身子，这次，他给阿尔哈吉演示了一个难度更大的动作：不是用手掌一把抓，而是用手指头把笔抓起来。

蔡斌耐心地做着分解动作。

阿尔哈吉专注地看着他。

蔡斌知道，这个看似简单的动作对于阿尔哈吉来说，可能比登天还难，但他相信，总有一天，阿尔哈吉会做到的。

蔡斌对阿尔哈吉说："你回家后好好练，一定会成功的，你知道吗，你可是世界上最最厉害的孩子！"

阿尔哈吉点点头，快乐地笑着，露出一口小白牙。

医疗小分队坐上了回程的车子。

中巴车开动了，临时安置点的灾民们不断地挥着手，高声

喊着："谢谢！谢谢！"

这天，蔡斌在临时安置点工作了三个多小时，为二十六个孩子看了病。

蔡斌从车窗里望出去，他看到阿尔哈吉的爸爸抱着阿尔哈吉，一边挥手，一边追着车子跑。

阿尔哈吉的手里拿着蔡斌送给他的笔。

第3章

爸爸妈妈，我们在你们身后

—— 指战员孩子的故事

"我 要 做 个 志愿者"

2013 年 11 月，刚刚结束"和谐使命—2013"任务的孙涛回到自己原先海军总医院副院长的岗位上。

孙涛是和平方舟"和谐使命—2013"任务的副指挥员、海上医院院长。

这次任务有数十家单位的四百多名官兵参加，医院船历时一百二十五天，总航程二万一千海里，到访八个国家，为当地民众提供医疗服务。这一次，医院船做了二百九十三台手术，创下了和平方舟入列以来的新纪录。

辛劳过后，四百多位官兵有的在休假，有的回到了原单位。

孙涛一直停不下来，才从船上走下，又成了"空中飞人"，搭乘飞机外出开会、调研。

11月19日下午五点，正在出差的孙涛突然接到上级打来的电话，让他速回北京，执行任务。

究竟是什么任务啊？

临上飞机，孙涛还是一头雾水。

回到北京后，上级命令孙涛立刻返回和平方舟，去菲律宾参加紧急救援。

孙涛心头一紧，因为他知道就在几天前，全球年度最大超强台风"海燕"席卷了菲律宾中部，台风瞬间最高风速达每小时三百一十五公里，创下登陆时最强风暴的历史纪录，导致毁灭性破坏，已经造成六千三百多人死亡，二万八千多人受伤，难以计数的民众无家可归。

四百多位官兵征尘尚未洗净，又迅即重新回到船上。

11月21日，上午11点，和平方舟启航出发。

这是中国首次派出舰艇在海外灾区开启人道主义救援。

黑云翻滚。

巨浪掀天。

孙涛明白，和平方舟面临的是一次前所未有的任务，更是一次难度巨大的挑战。

之前，和平方舟每次出征，都是事先做了充分准备的，少则两个月，多则半年，但这次事发突然，从接到任务到完成一切出航准备，和平方舟仅仅用了四十八个小时，而前方的一切尚不可预知。

和平方舟经过巴士海峡外围的大浪区时，七八米高的巨浪如同凶恶的野兽，张牙舞爪地猛扑而来。

舰船在狂风大浪中颠簸着，人根本无法站立，即使躺在床铺上，都会被震得蹦起来，许多人都呕吐了。

但是，为了以最快的速度抵达灾区，救助遭受严重创伤的菲律宾民众，和平方舟既没有绕道，也没有减速，迎着风浪，毫不退缩地勇往直前。

七十七个小时后，和平方舟到达菲律宾受灾最严重的地区莱特湾，成为第一艘抵达菲律宾的外国医疗船。

由于台风破坏了码头，和平方舟无法靠岸。

作为海上医院院长，孙涛身先士卒，身着作战训练服，率领一位外科医生、一位麻醉科医生，三人坐上救护艇，向十海里外的岸上疾驶而去。

孙涛心情沉重。

他看到海岸上低矮的房屋都被台风给摧毁了，高一些的楼房则淹没在由台风引发的风暴潮里，一棵棵大树被连根拔起，倒伏在地，焚烧着的垃圾腾起阵阵浓烟，到处都是废墟，满目疮痍。

　　孙涛看了下手表，此时，已过了下午四点，他想得赶快去安置医院接收患者，不然的话，到了晚上，这里因为断电会一片漆黑，很难安全地将患者运送到医院船上。

孙涛他们直接去了重灾区萨马省，找到一家医院，那里人满为患，几乎处于瘫痪状态，急需医疗支援。

但是，没有想到，由于通信中断，信息传达延迟，医院主管对中国军医的到来并不知晓和了解，而因受灾心理极度脆弱的患者也将信将疑，不知道他们将被带往何处。

此时，天色已完全暗了下来。

孙涛他们着急地在两个病区寻访，挨个给患者看诊，向他们介绍和平方舟的情况，告知他们中国军医是赶来救治他们的。

终于，有三位患者愿意去和平方舟治疗。

11月25日零点刚过，他们躺在担架上被抬至医院船。

这是和平方舟接诊的菲律宾灾区第一批重症病人。

凌晨两点，右股骨粉碎性骨折的弗雷拉被推入手术室。

另一位急性阑尾炎患者也躺在了无影灯下。

与此同时，依力克德则被送入了隔离病房。

台风袭来时，依力克德的左下肢被硬物砸伤，出现严重的恶性感染，伤口腐烂，发出难闻的恶臭。由于他还患有糖尿病、开放性结核，他被抛弃了。

医护人员不顾自身安危，冲进隔离病房，为依力克德溃烂的伤口进行清创、包扎，并鼓励他挺过难关。

医院船还在剧烈摇晃。

夜雾厚重。

美军飞机不时地从空中掠过。

此时，菲律宾近海还泊有美国、英国、澳大利亚、日本等国的舰艇，而和平方舟是其中唯一的医院船。

由于和平方舟只能在近海锚地停泊，主医疗平台的作用明显受到影响，孙涛焦急万分，心想如果收不到患者，那就无法完成这次紧急救援任务了。

忽然，他的手机响了，是女儿打来的。

菲律宾与中国都使用东八区时间，所以没有时差。

女儿料想孙涛此时应该可以休息了，便打来电话问候。

孙涛的女儿在读大学，读的是财会专业。

说起女儿的专业选择，真是一条漫漫长路。

还是先说一下孙涛自己当初的专业选择吧。

孙涛是个军医，非常有意思的是，这是"军"和"医"的"合体"。

孙涛的爸爸是位军人，妈妈是医院的护师。

小时候，孙涛身体不是很强壮，奇怪的是，每当要考试的时候，他就会发烧，要说是压力过大引起的吧，倒也未必，反正发烧总是赶上这个点。

孙涛的爸爸妈妈认为这是体质太弱的问题，于是，让他去少体校进行体育锻炼。

爸爸常常跟孙涛说他部队上的事。

孙涛的爸爸毕业于著名的哈尔滨军事工程学院，后来加入了海军。这是位有着海军情结的军人，所以他希望自己的儿子将来能"子承父业"，同样当一名军人。

孙涛的妈妈认为儿子还是做一名医生好。她一直在医院工作，觉得儿子如果将来学医，不仅对自己的身体有好处，也能为更多的人治病，这可是受人尊敬的职业。其实，孙涛的妈妈同样有着医学情结，因而"子承母业"也未尝不可。

孙涛从小就受着爸爸和妈妈两方面的影响。

他觉得他们的职业选择都让他钦佩，他想要是既能"子承父业"，又能"子承母业"，那就是天下最理想的事情了。

转眼，孙涛已经长大。

高考填志愿的时候，爸爸说，填个军校吧；妈妈说，填个医学吧。

最后，孙涛写下了"第二军医大学""海军医疗系"——"军"和"医"完美合体。

五年之后，孙涛大学毕业，来到了海军总医院。

后来，他又在协和医院完成了硕士和博士学位。

有趣的是，在孙涛有了女儿以后，他和女儿的妈妈也开始对女儿发挥起各自的影响来，简直就跟他的爸爸妈妈如出一辙。

孙涛的妻子是做财会的，她希望女儿将来也跟她一样从事财务工作。

孙涛则希望女儿未来能像他那样从戎。

爸爸和妈妈打小就开始各自给女儿"灌输"自己的期望。

真是岁月漫漫，幼儿园、小学、初中、高中……

女儿到了考大学的时候了。

那天，女儿跟孙涛说，她已经想好了，决定报考财会专业，这比较符合自己的性格和爱好。

孙涛笑了，他完全没有意见，因为他明白，其实，女儿所有的人生选择最后只有她自己才能做。

只是，孙涛对女儿说了这么一番话："不管你做出什么选择，都要有所坚持，不要轻易放弃。"

女儿跟孙涛说："爸爸，请原谅我没有成为一名军人，但我会永远站在您的身后，默默地支持您！"

……

孙涛见是女儿打来的电话，问她怎么那么晚还不休息。

女儿说，很想知道他现在的情况。

孙涛叹了口气，说由于菲律宾灾区民众不了解和平方舟，因此救援工作还没能大规模展开。他说，已经做了决定，明天将开始实施"三阶梯救援"，同时邀请菲律宾媒体上船参加新闻发布会，因为眼下让受灾民众了解中国医院船是当务之急。他脱口说道："要是能得到志愿者的帮助就好了。"

放下女儿的电话，孙涛在脑子里又过了一遍实施方案。

天刚刚放亮，"三阶梯救援"全面展开：

在重灾区帕洛镇设立前置野战医院，实行二十四小时全天候接诊；

派出医疗小分队前往岛屿、村庄、学校巡诊，消除救援空白点；

通过舰载直升机、救护艇随时向医院船主平台转送危重病人。

灾民们亲眼目睹中国军人在一片废墟上迅速搭建起了一个野战医院：一顶顶野战帐篷支了起来，一张张便携式病床安置就位，连炊事车都开了过来。

灾民们亲眼目睹中国军人走乡入户，看病送药，进行消毒防疫。

灾民们亲眼目睹中国军人两天内在残垣断壁的地方开辟出

直升机起降点。

孙涛一直在现场指挥，将医院船上的十多吨物资转移到陆地。

局面一下子打开了。

灾民们明白这是真正在危急时刻向他们伸出援助之手的和平使者，于是，帕洛镇及其周边两百多公里的伤病患者纷纷赶了过来。

四十三岁的尼米娅因在房屋倒塌时吸入大量烟尘，导致呼吸系统感染，气喘吁吁，但苦于得不到医治，中国军医的到来让她激动不已，她说，终于等到救星了。

一个开摩托车的小伙子从车上摔下，下巴被牙齿穿透，满脸是血，都看不到他的嘴巴在哪里了。中国军医为他做了清创，缝合了三十多针。小伙子在包扎后，感动得直哭。

夜晚，一位叫托皮亚的男子将家里临产的产妇急急忙忙地送到野战医院，但由于那里的条件不允许，经孙涛协调，决定将产妇送往医院船。

那时，天已黑得伸手不见五指。

野战医院的二十多位军医兵分几路，有的跟随救护车把产妇送到码头，有的与医院船主平台通报先前检查情况，有的跟踪救护艇定位靠岸。

被毁坏的道路格外崎岖，一路颠簸不已，护送的军医尽力让产妇躺平。

到达码头后，因黑夜笼罩，救护艇寻找停靠点非常困难，野战医院一直通过对讲机，与医院船和救护艇合力接应，终于把产妇送上救护艇，然后直驱和平方舟。

当病房里传出婴儿响亮的哭声时，孙涛一颗悬着的心这才放了下来。

一个新生命的降临，给所有人都带来了极大的鼓舞。

中国军医们斗志昂扬。

受灾民众欢呼雀跃，坚定了重建家园的信心。

12 月 15 日，和平方舟完成了在菲律宾的人道主义医疗救援任务，启航回国。

甲板上，海风呼呼地劲吹着，孙涛的心里也像翻滚的海浪无法平静。

这次中国海军出征菲律宾救援，在短短的时间里接诊二千二百零八位伤病人员，一共做了四十四台手术，在医院船上接生了四位"和谐宝宝"，并为受灾民众提供医疗服务。同时，这次出征对中国海军的远海卫勤保障能力也是一次实战检验，为以后应对突发性急难险重任务积累了非常宝贵的经验。

云开雾散，风平浪静，和平方舟胜利凯旋。

孙涛又回到了海军总医院。

这位中国军医可谓身经百战了。2003 年，孙涛是抗击 SARS 冠状病毒肺炎的医院专家组组长；2008 年，他带领医疗队赶赴汶川地震重灾区，连续奋战两个多月救死扶伤；和平方舟入列后，他出任首位海上医院院长，数次扬帆远航，执行"和谐使命"任务和多国军事演习任务。

孙涛依然每天忙忙碌碌。

一天，他很晚才回到家里，没想到，女儿比他回来得还要晚，而且，看上去闷闷不乐。

孙涛问女儿怎么回事。

原来，假期里，女儿正在一家饭店实习，做大堂引导。

那天，因为饭店餐厅里的客人多，忙不过来，所以，女儿帮着去传菜，结果，遇到了一件很不愉快的事情。

当女儿给一桌客人端菜时，另外一桌的客人也叫住了她，催她上菜。

她说，等一下，待这桌送完就马上过去。

可另一桌的客人却大声嚷着，为啥不给他们先上。

无论女儿怎么解释，那桌客人就是不停地指责她，还很凶蛮地训斥她。

女儿委屈极了，说怎么会碰到这么不讲道理的人。

听了女儿的诉说，孙涛跟她说："我看病，你传菜，我们做的其实都是一样的工作，那就是为别人提供服务，所以，我们应该更多地想着如何把服务做得更好，这就需要多多站在别人的角度去看问题，去化解矛盾，去改进服务。"

女儿说，这得要有多宽广的心胸啊。

孙涛说："是的，从事服务工作，就应该要有更加宽容的胸怀，这样，才能不断地提高服务水平，而自己的心情自然也会释然了。"

女儿说："现在我知道了，为什么说宽容是最有力量的表现；也知道了，为什么说一个心胸宽广的人才能拥有最大的快乐。"

很快，孙涛再次登上了和平方舟。

2014年8月3日，和平方舟驶离珍珠港码头，启航赴汤加、斐济、瓦努阿图、巴布亚新几内亚四国访问，并为当地民众提供医疗服务。

此次任务代号为"和谐使命—2014"。

这是和平方舟第四次执行"和谐使命"任务。

和平方舟之所以会从珍珠港出发，是因为刚刚参加完为期一个多月的多国海上联合军演，不做休整，直接转入新的任务。

这次联合军演规模很大，有二十二个国家的四十多艘舰艇参与，和平方舟与海口舰、岳阳舰、千岛湖舰组成中国参演舰艇编队，由于和平方舟是其中一条特殊的舰船，因而在演习中是个新的突破。

就在和平方舟临出征前，孙涛曾与女儿一起在地图上寻找珍珠港的位置，并聊起许多年前在珍珠港发生的那场惨烈的战事。

珍珠港属于美国夏威夷地区，位于太平洋北部，地处瓦胡岛南岸的科劳山脉和怀阿奈山脉之间的平原低处，与深水港火奴鲁鲁港相邻，是北太平洋岛屿中最大的安全停泊港口之一。

据说这里从前盛产带有珍珠的牡蛎，因而得名。从高空俯瞰，珍珠港像是飞鸟的脚伸进内陆。在西湾和中湾之间的怀皮奥半岛南端，有一座乳白色的八角形水塔，这座水塔高五十五点八米，顶部有一盏闪烁的红灯，这是进港的导航标志，而港口入口角东侧的岸上，还设有一座金鹰信号塔，可为进港的船只助航。第二次世界大战期间的 1941 年 12 月 7 日清晨，日本海军的飞机和潜艇突然袭击珍珠港，致使美国太平洋舰队损失惨重，太平洋战争由此爆发，成为第二次世界大战中的一个重要的转折点。

孙涛跟女儿说："经历过战争才懂得和平的宝贵，所以和平方舟才那么为世人瞩目，因为我们是世界和平的保卫者！"

女儿也说："我们每一个人都应该为世界和平尽自己的一份力。"她的手指在地图上越过珍珠港，画向汤加、斐济、瓦努阿图、巴布亚新几内亚，她的眼神里充满了向往："真的就像撒在大海里的一颗颗珍珠啊，好希望有一天能去那些地方看看。"

8 月 22 日，和平方舟抵达斐济，当地民众得知消息后潮水一般涌来，很多人凌晨就来排队了。

面对如此大的人流，孙涛既感慨又有些担忧，生怕会秩序混乱。

他又像上回在菲律宾进行紧急救援时那样，心想要是能得到志愿者的帮助就好了。

事实上，和平方舟每次在国外提供义务医疗服务时，都会有志愿者前来相助，他们中有华侨，有国际慈善人士，甚至还有病人。

孙涛一直记得一位孟加拉国的病人。

2010年，和平方舟到访孟加拉国时，接诊了一个病人，他两只眼睛都患有白内障，几近失明，生活非常不便，他请求中国军医为他做手术治疗。经过诊断，医生认为其中一只眼睛的手术条件不成熟，于是决定为他做单眼白内障手术。术后，当医生揭开盖在他眼睛上的纱布时，他激动地大喊起来："我看见了！我看见了！"

三年之后，和平方舟又一次来到孟加拉国，这位病人也又一次登上了医院船。他说："上回，你们给我做了白内障手术，让我重见光明，但我现在另一只眼睛也很不好了，希望中国军医再帮我一次！"

孙涛得知情况后，决定将他作为特殊病人予以收治。

于是，这位病人在同一条船上，又做了一次同样的手术。

这次，他没有激动地大喊，而是紧紧地握住中国军医的手，不肯放下。

让孙涛感到意外的是，这位病人恳切地说："我不走了，我要留在这里，做一名志愿者。我会说英语，也会说当地语言，我可以帮到你们！"

后来，他真的在船上做了很多工作，成了医院船与当地患者之间沟通的桥梁。

孙涛觉得，这其实是一种人道主义关爱和友谊的传递，就像接力棒一样，一棒一棒地传承、接续下去，这也就是世界和平的希望和保证。

孙涛正这么想着，手机铃声响了。

他接起电话，是女儿打来的。

女儿用神秘的口吻问他："爸爸，你知道我现在在哪里吗？"

孙涛笑了笑，说他猜不出来。

女儿大声地说："我就在斐济，就在苏瓦，就在码头边上！我要上和平方舟，我要做个志愿者！"

孙涛简直不敢相信。

听他愣着不说话，女儿告诉他，放暑假了，她决定去爸爸正工作的地方看看，做个志愿者，同时也看看世界，看看那些撒在太平洋上的珍珠一般美丽的国家。她说，她算好了时间，预订了机票，她要给爸爸一个最大的惊喜。

女儿上船来了。

和平方舟多了一名志愿者。

女儿在导医区用熟练的英语维持秩序，帮助平台接诊。

这时，一位护士将十六岁的男孩威塞克带了过来。

威塞克满脸阴郁。他妈妈说，儿子一出生，头顶上就长了一个肿瘤。随着年龄的增长，肿瘤越长越大，越来越像"犄角"了，儿子因此受了不少的嘲笑。他妈妈还说，由于当地医疗水平有限，要切除这个肿瘤，需要坐飞机到邻国去做手术，可他们一家人节衣缩食，至今也没能攒够出国治病的费用。听说和平方舟来了，让他们看到了希望。

护士安慰着威塞克的妈妈，也安慰了威塞克，她对他说："你不要难过，要相信中国军医一定会为你解除病痛的，到时候，你会重新成为一个阳光男孩！"

孙涛的女儿从未像今天这样为爸爸和医院船上的中国军人感到自豪。

后来，威塞克在医院船上接受了肿瘤切除术。

当他在镜子里看到自己头顶上的"犄角"不见了，笑得合不拢嘴。

威塞克的妈妈说，这是从小到大，第一次看见儿子笑得这么开心。

和平方舟要离开斐济，前往下一个目的地。

孙涛和女儿在码头上挥手道别。

我问孙涛，那时候，心里是不是特别感慨。

孙涛告诉我说，望着滔滔大海，他想起一位诗人写过的一句诗来："每一朵浪花里都是一个流年。"

他心里很高兴。

他想，女儿就这样，一年一年地长大了。

"妈妈，你不用为我操心"

　　张呈敬告诉儿子，自己要去执行"和谐使命—2018"任务了。

　　还在上幼儿园的儿子好奇地问："妈妈，你是坐汽车还是坐飞机去参加任务？"

　　张呈敬说："不是汽车，也不是飞机，而是坐一艘大白船。"

儿子惊讶地睁大眼睛："大白船？那在海里面航行，大白船会摇啊摇吗？"

张呈敬想了想，说："大概有风的时候会摇，没风的时候不摇。"

儿子继续好奇地发问："妈妈，你这次坐大白船去哪里执行任务啊？"

张呈敬回答道："外国。"

儿子又一次惊讶地睁大眼睛："外国啊？外国在哪里？"

这回，张呈敬没有回答她充满好奇心的儿子。

张呈敬和先生买回了地图和地球仪。

妈妈和爸爸一起开始给儿子讲这次任务可能要去的地方。

妈妈指着挂在墙上的地图说："这回，妈妈要去好几个国家，这些国家都在离我们中国很远的地方。"她一边说着，一边用记号笔把南太平洋一带和加勒比海沿岸的国家一一圈了出来：巴布亚新几内亚、瓦努阿图、斐济、汤加、哥伦比亚、委内瑞拉、格林纳达、多米尼克、安提瓜和巴布达、多米尼加……

儿子的眼睛跟着张呈敬手里的笔走着，嘴里还数着数："一、二、三、四……"

爸爸抱着地球仪，唤道："儿子，过来，爸爸告诉你，你妈妈坐的大白船的航线。"

儿子跑了过来，爸爸转动着地球仪，浩渺辽阔的太平洋伸展开来，从北边到南边，从西岸到东岸。

儿子不断地叫着："好远啊！好远啊！"

这时，还在牙牙学语的小妹妹突然冲了出来，调皮地推了一把地球仪。

地球仪呼啦啦地飞快转动起来。

小妹妹笑出了声。

妹妹的调皮让好奇的哥哥都要急哭了。

张呈敬拍了拍儿子的头，宽慰他："一会儿你把地球仪抱走，你是哥哥，就让让妹妹吧。"

忽然，张呈敬想到了什么，她对儿子说："妈妈这次要出去很长时间，妈妈不在的时候，你要帮妈妈照顾好家里，照顾好妹妹。你自己在幼儿园里也要当心，与小朋友们好好相处。在幼儿园听老师的话，在家里听爷爷、奶奶和爸爸的话！"

儿子一听，抹了抹眼睛，对张呈敬说："妈妈，我都知道了，你不用为我操心的！"

晚上，儿子睡下了，他照例将一只手放到妈妈睡衣的袖口里。只有这样，他才能安心睡着。

天蒙蒙亮的时候，张呈敬把儿子的手轻轻地抽出来，吻了一下他的额头。

张呈敬踏上了遥远的征程。

和平方舟才开出不一会儿，张呈敬就感觉头晕起来。

她晕船了。

张呈敬晕得很厉害，不想吃东西，一吃就吐，走路摇摇晃晃，脚底打飘。这时，她想起了儿子，想起儿子问她的话来："妈妈，大白船会摇啊摇吗？"

张呈敬可不想让儿子知道大白船会摇得她吃不下饭，走不了路。

她逼迫自己去餐厅，逼迫自己吃点东西，吃了吐，吐了再吃。

由于头晕得厉害，张呈敬都无法攀楼梯走回宿舍，她只能走到船尾二甲板那里，待上一会儿——相对来说，船尾不太摇晃。

张呈敬不知道的是，其实，她儿子一直还想着大白船摇啊摇的事呢，他不知道大白船会摇得他妈妈晕船，他只知道大白船在大海上摇啊摇会显得很神气。他把他的玩具通通倒了出来，挑出那些船模，然后让它们在地板上航行，还故意前后左右颠簸摇晃。

和平方舟抵达汤加时，离启航出发都已经一个半月了。

航渡期间，张呈敬很想念她两个幼小的孩子，她很想与他们通个电话，问问他们的情况，说说自己的故事，她知道儿子还会好奇地问她"十万个为什么"呢。只是，她难得排队去打海事卫星电话时，因为信号不好，总没能跟孩子们说上话。

没想到，医院船在汤加首都努库阿洛法的乌纳码头靠岸后，张呈敬发现她的手机有了信号。更没想到的是，这回，她居然跟儿子通上了话。

儿子一上来就发问："妈妈，你坐的大白船摇到哪里了？"

张呈敬说："在汤加呢！"

儿子又问："你会给那里的孩子看病吗？"

张呈敬回答："当然！"

儿子还想问什么，可电话却突然断了。

信号没了。

不过，张呈敬心里很宽慰，觉得她儿子小小年纪就知道关心别的小朋友了，而且还是外国的小朋友。

那天，和平方舟派出一支由二十六名医护人员和船员组成的健康服务和文化联谊分队，前往位于汤加塔布岛的汤加中学，张呈敬是其中的一员。

坐在中巴车上，张呈敬一路看着窗外。

汤加属于大洋洲，位于南太平洋西部，国际日期变更线西侧，西距斐济六百五十公里，西南距新西兰一千七百七十公里，由汤加塔布群岛、哈派群岛、瓦瓦乌群岛三个群岛组成，有一百七十三个岛屿。其实，在那么多的岛屿中，只有三十六个岛上有人居住。汤加有十多万人口，虽说陆地面积只有七百四十七平方公里，但水域面积却有二十五点九万平方公里，而海洋专属经济区面积更是达到七十万平方公里。汤加塔布岛在汤加的最南端，是汤加最大也是最繁华的岛屿，约占全国土地的三分之一，首都努库阿洛法就坐落在这个岛上。汤加塔布岛地势平坦，是一个海拔仅十米的珊瑚岛，岛上有大片的椰子和香蕉种植园。

汤加还有个好听的名字，叫"友爱群岛"。的确，汤加人非常好客，如果有客人来，他们总是会拿出许多好吃的东西来招待，有木薯、芋头、地瓜、香蕉、面包果、椰子，还有炸鸡、焖大虾、烤猪肉。汤加人用餐时习惯用手抓饭取食，吃饭时很有规矩，不可高声说话，得保持安静。汤加属热带雨林气候，天气炎热，所以男男女女都喜欢穿裙子，女孩爱穿花裙，男孩则穿一种叫"法拉法拉"的裙子。

张呈敬看着街上穿着裙子的男孩女孩，觉得很新奇，她想回去后要告诉她的儿子，他一定又会睁大眼睛。

车子在校门口停了下来。

张呈敬他们列队走进校门。

早就等候着的汤加中学的师生们立刻欢呼起来。

张呈敬抬起头来，看到校园里悬挂着的"中汤友谊长存"的中英文横幅显得特别醒目。她再细细看去，发现这所学校里随处可见"中国元素"，那些红灯笼、中国结、福娃、剪纸将校园装点得分外美丽，还透出浓浓的中国文化气息。

原来，汤加中学是所1947年建立的老学校，可是，2000年的时候，老校区被一场大火意外烧毁了，正当师生们为失去校园而伤痛时，中国政府伸出援手，重建了学校，还派来了援教的中国老师，连电脑、体育用品和书包都是从中国运来的。张呈敬听这里的一位中国老师介绍说，汤加中学目前有三十五个班级，也是汤加唯一一所提供汉语教学的学校。

那边，联谊活动在大厅里开展得如火如荼，中国舞蹈、中国功夫、中国书法、中医展示等赢得学生们的阵阵掌声。

这边，包括内科、外科、口腔科、眼科等多个科室的医疗小分队，分别在教室里给学生们进行健康检查和诊疗。

张呈敬跟着眼科做义诊。

她心里一直想着儿子对她的"嘱托"，要多给孩子们看病，所以，她和其他医护人员一刻不停地用便携式检查仪为学生们检查眼睛。

这里的男孩女孩们没有一个戴眼镜的，看上去好像视力都不错，可当他们听说这里可以检查眼睛时，却一个个都跑了过来，还诉说自己看东西模模糊糊的，甚至上课时都看不清老师在黑板上写的是什么。

张呈敬来自海军军医大学第三附属医院，她学的是护理专业，毕业后便来到了军队医院，在她以往的经验中，还没碰到过这样的事——难道这里的孩子一个都没近视的？那又如何解释这些孩子说自己看不清东西？

她不由得上了心，更加仔细地配合医生给孩子们查视力。

果然有问题。

当医生和张呈敬告诉这十来个孩子他们各个都是近视时，孩子们都摇着头说不相信。

张呈敬现在才知道，汤加经济比较落后，城里人住的房子是木屋，而农村的房屋基本上是用椰子树干和树叶盖成的。自然，汤加的医疗条件也不好，这里的孩子从来不查视力，即使有问题，也不治疗，家里更不会拿钱给他们配眼镜。

张呈敬等医护人员给三四个孩子检查后，认为他们的视力障碍是因为眼睛里长了东西，所以，便给他们每人开了一张小条子，让他们凭纸条登上和平方舟去做眼科小手术，进行彻底的治疗。而对仅是患有近视的孩子，张呈敬他们拿出了带过去的近视眼镜，给每个孩子发了一副，尽管这并不是根据个人实际情况进行视力矫正的眼镜，只有普通的 50 度、100 度，但孩子们戴上后还是发出了惊喜的叫声："我看清楚东西啦！"

孩子们真的很开心。

张呈敬也很开心。

她对孩子们说，平时要注意用眼卫生，经常做眼保健操。

孩子们张大了嘴巴："还有保护眼睛的中国功夫？"

张呈敬笑着教他们做眼保健操，孩子们一个个学得特别认真。

后来，张呈敬再次拨通手机时，把给孩子们看眼睛的事情告诉了儿子。

儿子很着急地问她："妈妈，那你教他们做眼保健操了吗？"

张呈敬回答说教了，儿子这才放下心来。

张呈敬问他正在干什么。

儿子说："我正在陪妹妹玩，跟她一起做游戏呢！"

其实，儿子没有告诉张呈敬在幼儿园里发生的一件事情。

有一天，幼儿园老师教小朋友们画画，儿子给老师当小助手，把画画用的东西分发给每个小朋友，但他一不小心，手里的东西碰到了一个小朋友的手臂，那个小朋友哇哇叫了起来，儿子向他道了歉，可小朋友放学后还是向自己的家长告了状。小朋友的家长为此找了幼儿园老师，还找了张呈敬的先生，那不依不饶的样子让儿子非常委屈，很不开心。

虽然儿子很想把这事告诉张呈敬，但最后还是忍住了，他不想让妈妈为他担心，因为他跟妈妈说过："妈妈，你不用为我操心。"

可是，那一天，儿子却在电话里祝妈妈"节日快乐"。

张呈敬一愣。

儿子这下开心了起来，他说："今天是 8 月 19 日，我们老师说了，是中国第一个医师节！"

那一刻，张呈敬的眼睛湿润了。

张呈敬想给儿子买一个小礼物，她想最好与大海有关。

新的一天到来了。

和平方舟医院船平台又开始忙碌起来。

今天，张呈敬担任给病人抽血的工作。

忽然，有个女孩跟她打招呼。

这不就是汤加中学的那个眼睛里长了东西而影响视力的女孩吗？她手里拿着的小纸条正是张呈敬写给她的。

手术前，女孩得验一次血。

女孩有点紧张。

张呈敬为了让她放松些，便与她聊起天来。

张呈敬问女孩，如果在汤加旅游，最值得去的是哪里。

女孩脱口而出："喷潮洞！"

原来，在汤加塔布岛南岸有个世界闻名的"喷潮洞"，这是南太平洋独特的自然奇观。绵延数千米的珊瑚海岸被侵蚀成千奇百怪的孔洞，而且洞洞通天，每当涨潮时，惊涛骇浪汹涌地拍向海岸，海水顺着礁石中成千上万的大小洞穴竞相喷涌出来，形成数十米的水柱在空中绽放，这就形成了"喷潮洞"。

张呈敬又问："那里卖旅游纪念品吗？"

女孩说："有啊，有很漂亮的用珊瑚做成的纪念品！"

就在女孩说话的当口，张呈敬给她抽了血，女孩甚至都没感觉到。

只是张呈敬心想，那个世界奇观"喷潮洞"是去不成的，因为他们到这里是来执行任务的，那个漂亮的用珊瑚做成的纪念品就只能是个小小的念想了。可她想，儿子一定会原谅她的。再说，如果儿子知道有个汤加小姐姐在妈妈的帮助下治好了眼疾，他一定会很高兴的。

八天之后，和平方舟离开汤加，向着下一个国家驶去。

在张呈敬的印象中，由于工作繁忙、通信不便，她后来几乎没有再跟家里打过电话，也没有再跟儿子有过交流。

但是，儿子在妈妈不在家的日子里，却悄悄地兑现着对妈妈的承诺。

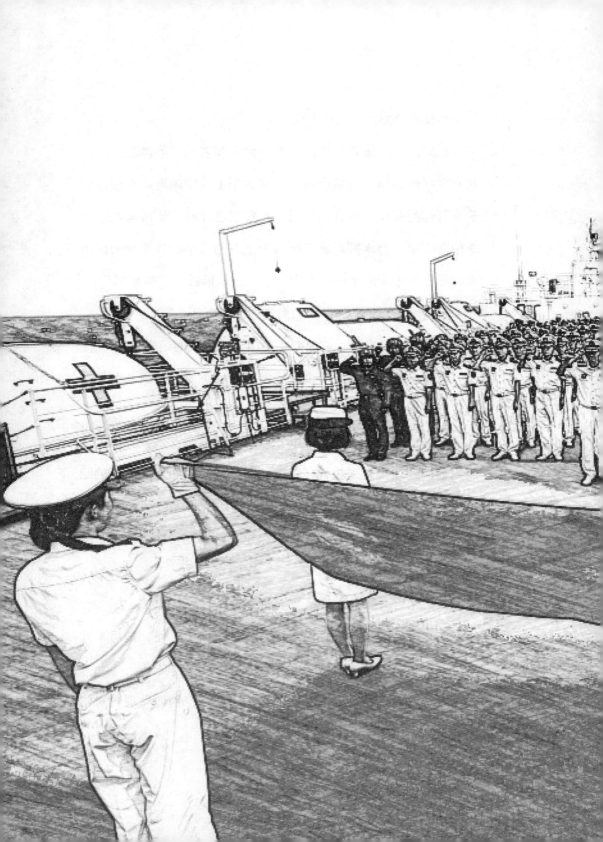

那天，调皮的妹妹对哥哥"发号施令"："我要骑马，在草原上奔跑！"

哥哥说："这里没有马啊。"

妹妹指着他说："你就是马！你让我骑上吧！"

哥哥一开始还不太愿意，可是，当看见妹妹嘟起小嘴巴的时候，他还是乖乖地趴在了地板上——妈妈说过，他得照顾好妹妹。

哥哥屈起双腿匍匐着。

妹妹跨到了哥哥的背上。

待妹妹坐稳后，哥哥稍稍抬起背来，他的两条腿跪着，两只手臂放在前面。

妹妹大叫一声："马儿跑起来呀！"

哥哥就在地板上驮着妹妹爬了起来。

妹妹一声声地叫着："驾！驾驾！"

哥哥爬得更快了。

妹妹快乐地唱起歌谣："骑着马儿跑得快，骑着马儿过草原！"

哥哥使出浑身气力，让妹妹将他当成一匹高头大马，他爬啊爬啊，越爬越快，从这个房间爬到另一个房间。

妹妹开心极了，放声大笑着。

这时，哥哥忽然想起了正坐着大白船摇啊摇的妈妈。

……

整整二百零五天之后，张呈敬完成任务，从和平方舟下了船。

在她打开家门前，她闭上眼睛想象了一下——

她叫着儿子和女儿的名字；

儿子首先冲了过来，一边叫着"妈妈"，一边紧紧地抱住她的腿；

女儿看了看她，然后向她伸出手来，嘴里说着"妈妈抱，妈妈抱"！

张呈敬睁开眼睛，推开了家门。

她叫着儿子和女儿的名字。

儿子从自己的房间里走出来，见到她后却站住不动了。

女儿躲在哥哥的身后，一点都不敢出声。

张呈敬的眼泪簌簌落下：孩子们都认不出自己了！

是的，她现在又黑又瘦，皮肤晒黑了，体重比出门时下降了十五斤。

张呈敬发现，其实儿子和女儿也有了不少变化，尤其是儿子，不仅个头儿长高了，而且稚嫩的脸上添了一些成熟。

她摸着儿子的头说："妈妈坐着大白船从国外回来了！"

儿子这才兴奋起来，指着墙上挂着的地图问道："上面标着的十几个国家你都去过啦？"

张呈敬点了点头，说："我都去过啦，还拍了很多照片呢！"

儿子用羡慕的眼光看着她说："妈妈，你真了不起，去过那么多国家！"

这时，女儿抱着地球仪也走了过来，她没说话，却又像上次那样，猛地推了一把地球仪。

地球仪呼啦啦地飞快转动起来。

她发出了银铃般的笑声。

晚上，睡觉的时候，儿子让张呈敬给他看电脑里的照片。

张呈敬指着一张照片说："这是在智利，你看见了吗，那么多的水鸟在我们大白船的船舷上排成了一条线。"

儿子好奇地问："这水鸟胆子很大吗，见到人都不怕？"

张呈敬翻过一张："这是在巴布亚新几内亚，我们的大白船刚靠岸，很多海豚就追了过来，在海里飞起跃下。"

儿子还是好奇地问："妈妈，你确定这些海豚平时不是住在海豚馆里的？"

张呈敬又翻过一张："这是在格林纳达，这种有红色苞片的鲜花很像叶子，所以叫叶子花，这可是格林纳达的国花。"

儿子继续好奇地问："我们中国也有这种花吗？"

他的声音渐渐小了下去。

儿子睡着了。

让张呈敬觉得奇怪的是，儿子这次没有像以前那样，把手伸进她的睡衣袖口里。

张呈敬心里幽幽地想，其实，儿子对她还是有点陌生感的。

没过几天，家里的爷爷生病住院了，奶奶和爸爸都去了医院陪护。

张呈敬每天一下班就匆匆赶回家里，烧饭做菜。

儿子现在变得像个小大人了，他会帮着妈妈把饭桌擦干净，然后摆上筷子、汤匙，等妈妈把饭菜烧好了，他就帮着一碗碗地从厨房端到餐厅。而且，儿子现在都自己洗澡、穿衣服了。

真的，就像先生说的那样，张呈敬外出执行任务的这段时间里，儿子懂事多了，常常会想着帮大人做些什么。

先生曾问儿子，怎么会变得那么乖。

儿子回答道："我跟妈妈说过的，我不能让她为我操心！"

那晚临睡前，儿子突然想起来，问张呈敬："妈妈，你有没有上次跟我说的那个汤加小姐姐的照片？她后来手术做好了吗？现在还近视吗？"

张呈敬一一回答了他。

儿子显得非常高兴。

儿子说："我以后也要到大白船上去！"

妈妈说："那你就快快长大吧！"

儿子说："我长大了要当科学家，当了科学家，我就可以上大白船了！"

说着，儿子把脸转向了窗口。

柔和的月光照进来，镀在了他的小脸上。

他把一只手放到了妈妈的衣袖里。

张呈敬笑了。

有一天，我给张呈敬打电话时，她儿子正在边上，我便问他在干吗。

他告诉我说："我刚读了我的《幼儿画报》，现在，我要给妹妹读《婴儿画报》了。"

"爸爸，我会做你爱吃的发糕了"

丁辉登上和平方舟，执行"和谐使命—2017"任务。

丁辉是和平方舟的"元老"级船员了，2008 年 1 月，他和几位战友去广州将造好的和平方舟接到舟山军港，从那时起，他就担任了船上机电部门的电工班长，并参加过和平方舟执行的所有任务。

因此，对丁辉来说，这只是又一次出发，不像初次远航时那样兴奋得不能自已。

当然，每一次出发，丁辉还是激动的——新的任务，新的使命，也是新的重任。

和平方舟离港时，很多船员的家属来送行了。

丁辉站在船舷上看啊看，说实话，他很想在送行的人群中看到自己的女儿，但他知道，女儿不会来的，因为她正在上学呢。

和平方舟解缆启航，驶离码头，渐行渐远。

不知为什么，丁辉心里竟生出从未有过的失落感来。

丁辉的独生女儿正在上初二，功课堆成小山，丁辉也很忙，在家休假的几天里甚至都找不出时间与她说说话。

丁辉对女儿是有很深的歉疚感的。

女儿出生于 2004 年，从襁褓中的婴儿到今天出落成亭亭玉立的少女，在她的成长过程中，丁辉"缺席"的时间太长太长：她诞生的时候，他不在；她满月的时候，他不在；她周岁的时候，他还是不在。

他在海上。

他在舰船上。

他在工作岗位上。

说实在的，1996 年，丁辉加入海军时，只知道会在部队待上四年，然后就退伍转业，就可以回到家人的身边。哪里想到，二十多年过后，他至今还是一名军人，还在部队里。

更令丁辉没有想到的是，他会成为一名舰艇上的水兵，而水兵每次出海，总是会有漫长的时日。

于是，丁辉极少有时间回家，极少有时间陪伴在女儿的身边。

这是一件让谁听了心里都会有些酸涩的事儿——丁辉迄今只为女儿过了一次生日，他一而再，再而三地没有兑现为女儿过生日的承诺。

丁辉的女儿不太爱说话。

有时，丁辉会想，那是因为女儿性格内向。

但有时，丁辉会觉得并不尽然，女儿不太跟他说话，会不会是因为怕他？会不会是因为对他感觉陌生？

这样想着的时候，丁辉就愈加歉疚，愈加不安了。

这次出发前，丁辉在家里待了几天。

有一天，丁辉的战友去他家串门，临走时，战友悄悄地跟他说："你感觉到没有？你女儿对你有意见呢！"

丁辉连忙问："是吗？我怎么没感觉？"

战友说："你去看看，你家门上都有啥？"

丁辉不以为然地说："不就是贴了张纸条吗？"

战友跟他说："你不能小看这事，如果你和你女儿平时沟通得很好，她跟你说说就是了，还用贴纸条？"

丁辉摸了摸脑袋。

原来，丁辉是个"老烟炮"，很早就开始抽烟了，他尚未考虑过戒烟，所以不管是谁劝他戒烟，他都是嘻嘻哈哈地打个马虎眼。

那天，女儿明确地跟他说："你别再抽烟了！"

丁辉像对别人一样地糊弄道："知道了，知道了。"

他的口气里还有些不耐烦。

女儿没再说话，掉过头就走了。

后来，丁辉就看到自己卧室的门上被贴了一张纸条：

"禁止吸烟！"

这语气毫不委婉，就像是首长在下命令。

但是，丁辉还是嘻嘻哈哈地没当回事。

吃晚饭的时候，大概想缓和一下气氛，丁辉用开玩笑的口气问女儿："我马上又要走了，这次出任务得一百五六十天呢，你会想我吗？"

女儿努了努嘴，快速而干脆地回答："不想。"

丁辉有些尴尬地笑着，自己给自己找了个台阶下："好吧，你不想我，我想你。"

女儿没再说话。

即便如此，丁辉也没把这事装进心里，他总觉得女儿就是一个小孩子，哪怕她有情绪，也不必当真，哄哄就是了。

现在，经战友这么一提醒，丁辉倒是觉得事情不那么简单了："看来，女儿这是真的对我不满，对我生气了！"

丁辉不敢再打什么马虎眼了，他得认真对待女儿发出的禁令。

他识相地跑到屋子外面去抽烟了。

丁辉不敢再当着家人的面我行我素了，他甚至害怕让女儿看到他在抽烟，他会赶在女儿放学到家的前一刻，掐灭烟头。

他想和女儿聊聊天，可是，女儿说忙着做作业呢，没时间。

丁辉心里蔫蔫的。

就这样，丁辉登船出发了。

和平方舟驶向遥远的海域。

丁辉又精神振奋地忙碌在他的岗位上了。

丁辉带的电工班，连他共有七个人，他们掌控着整条医院船的"命门"——电力系统，谁都可以想象，一条万吨舰船要是没有了电力，那该是怎样的状况。

当初，在广州第一眼见到和平方舟时，丁辉就想到了这样的状况，以至于很长时间他都愣愣地站着，不知所措。

丁辉入伍后，即被派到一条消磁船上。

那条消磁船标准排水量才六七百吨。虽然是条小舰船，但却肩负重任。

消磁船用于舰艇消磁，目的是为了减弱舰艇磁场强度并改善其分布特性，以提高舰艇的磁性防护能力，防御水中磁性武器（如磁性感应水雷）的攻击和被磁探测仪器发现，保障舰艇航行安全。

从事消磁专业，必须具备电工基础。因此，丁辉全身心地投入学习与操作实践，他很快就变成了一个众人眼里的"超强电工"，把整条消磁船的电路图背得烂熟于胸。

丁辉所在的这条消磁船赫赫有名，被誉为"东海第一消"。

他在这条船上服役了近十二年。

2007 年底，首长约他谈话。

丁辉想，我的海军生涯大概就此结束了。虽然他对消磁船有很深的感情，但他希望人生还能有些新的开拓。

首长问丁辉："你还想留在这条船上吗？"

他很干脆地摇了摇头："不想了。"

让丁辉完全没有料到的是，首长对他说："那好，你就去另一条船吧。"

他连忙问："哪条船？"

首长笑笑，却没有回答他。

然后，丁辉就到了广州，就见到了和平方舟。

这条万吨舰船立刻把丁辉给镇住了。

天哪，这医院船比消磁船大得可不是一点啊。丁辉想，首长是不是找错人了？这根本就是一个坑啊！这医院船上的电力系统绝不会那么简单，万一出了什么问题，那将是不可收拾的，不要说舰船没了动力，只能漂在海上，问题是万一正在进行急救手术，那岂不是要了人命？

丁辉不敢想下去了。

但是，他已经来了，他必须登上船去，必须把电工班长的担子勇敢地扛起来。

丁辉对自己说："来了就要干，哪怕最后干不下去，趴了下来，被信任我的首长和战友骂死，我也得尽我的努力！"

在丁辉的心里，努力才是一切。

丁辉掏出一支烟来，想镇定一下情绪，但他发现忘记带上打火机了。

丁辉在整整十个月的时间里，将和平方舟的电力系统探摸了无数遍，他一定要做到心里有底，不然，电力系统一旦崩溃，那后果真是不堪设想。

不过，海上的情况总是难以预测，有一次，丁辉这位"超强电工"还是陷入了棘手的困境。

那是在执行"和谐使命—2011"任务的时候，和平方舟前往美国夏威夷做技术停靠，整个航渡需要半个月的时间。

太平洋上，落日的余晖将大白船染成了金色。

夜的帷幕垂了下来。

大白船上点亮的灯光，在苍茫的海洋里，与天上的星星连在一起，犹如构成了一个新的星座。

突然，灯光熄灭了。

整条船一片漆黑。

发动机的声音顿时喑哑了。

无声无息，这样的寂静令人生恐。

失去动力的和平方舟仿若心脏停跳，在太平洋上随着风向任自漂流。

出事了！

丁辉立刻冲进了机舱。

果然，一台主发电机出了故障，停止工作了。

丁辉和电工班的战士迅速启用备用发电机，让医院船恢复电力输送，然后开始排除故障。

按以往的经验，丁辉认为问题可能出在发电机的某一个关键部件上。

他们花了一个晚上的时间进行检修，却失败了。

这时，天色已经大亮。

十多个小时的工作，让丁辉疲惫不堪，而检修失败更是让他沮丧。

船长让他先去休息一会儿，做个调整。

但一股犟劲儿上来了。

丁辉说："修不好，不睡觉。"

他觉得既然前面那条路没能走通，那就应该换个思路，不能再钻牛角尖。

于是，丁辉带着电工班的人马对所有元件进行测量，并将数据与参数进行比对，希望找准问题存在的方向。

终于，故障点被找到了！

原来，是看似稳定的调压板出了问题——随着船体的晃动，原先被定位的调压板发生漂移，导致了错位。

找到问题后，丁辉他们随即进行处理。

可是，谈何容易。

虽然经过重新定位和测试，这台发电机可以运转了，但和其他机组并车后，发现并不匹配，这就好比一个运动员参加个人项目没有问题，但一旦加入集体项目后便不适应了，因为这是需要打配合的。

丁辉他们再次重新开始。

时间在一分一秒地过去。

人们总说海上航行是最没时间感的，就像浓稠的海水，甚至看不出流速。

但对于丁辉来说，必须争分夺秒。

经过整整四十二个小时的不懈奋战，主发电机终于彻底恢复了运行。

和平方舟向着夏威夷挺进。

一直没有合过眼的丁辉，累得瘫坐在机舱的地板上，倚靠着桌子，大口深吸着机舱内夹着柴油味的空气。

丁辉缓过神后，走出机舱，点燃了一根烟，看着吐出的一个一个烟圈，他觉得此刻特别的惬意而舒坦。

说实话，在刚刚过去的四十二个小时里，他也没少抽烟，他称抽烟会排解心里的郁闷和烦躁，还会让他得到一些灵感、一些新的排除故障的思路——这是抽烟的人最喜欢说的理由，其实只是某种心理作用罢了，但他们却常常"固执己见"，还"堂而皇之"，不是吗？

　　那年年底，丁辉带着放寒假的女儿去江苏启东探望外公。

　　外公也抽烟，而且一边咳嗽一边还抽着。

　　女儿心疼外公，对外公说："外公，你在咳嗽呢，就别再抽烟了！"

　　女儿拉过丁辉，说："你让外公别抽烟了。"

　　丁辉笑着说："外公不会听我的。"

　　这下，女儿甩开丁辉，独自规劝起外公来："外公，你为什么不戒烟呢，抽烟对身体不好，你戒了烟，咳嗽就会好很多的。"

　　外公说："戒不了啊，一戒就会心慌。"

　　女儿继续劝道："戒烟是有个过程的，但只要有毅力，总能戒掉的。外公，抽烟有什么好的，自己身上难闻，屋子里还烟雾缭绕的，让家人被动吸烟，影响到我们不抽烟的人的健康呢。外公，你别听有人说的，什么抽烟会放松心情，什么抽烟会产生灵感，没有的事！"

丁辉听着，心想，这些话不就是冲着我说的吗？

他无趣地转身走开了。

他听见女儿在他背后轻轻地"哼"了一声。

其实，女儿听丁辉讲他在和平方舟上的经历，总是兴致勃勃的，眼睛里透出敬佩的光亮来。就像他在跟女儿说四十二个小时排除发电机故障的故事时，看得出，女儿听得很是入神。

可是现在，为了他抽烟这件事，女儿用在房门上贴"禁止吸烟"纸条的方式公开与他"叫板"了。

夜深了，听着哗哗的海浪声，丁辉无法入眠。

他想，女儿小时候多乖呀，每当他出海，她都会问："爸爸，你什么时候回来啊？"这时，他就会哄着她说："你睡一觉，睡醒了，爸爸就回来了。"

可她现在不问了。

丁辉曾试过跟女儿聊聊关于戒烟的事。

他对女儿说："过几年，你不劝我，我也会主动戒烟的。"

女儿没有搭理他，只是看了他一眼，那眼神里满是怀疑。

丁辉如今明白了，女儿已经长大了，不再是一个可以随便哄哄的小孩子了。

他得直面女儿。

他得和女儿互相信任、互相理解。

在战友们的眼里，丁辉是个很容易交往的人，是个很好的朋友。

丁辉甚至跟机器都能成为朋友。

是的，丁辉有句名言："你要做个好电工，就要跟机器做朋友。"

在许多人的眼里，机器就是机器，没有生命，没有感情，没有性格，但丁辉却不是这样想的，他认为既然机器有使用寿命，那么，就应该善待机器，平时维护好机器，保养好机器，让机器始终处于一个健康的状态，这样才能正常运转，才不会出问题。所以，丁辉对他的机器很有感情，就像朋友一样百般呵护。比如说，一台机子最大的工作时限是三十个小时，那么，丁辉就会提前五六个小时关闭机子，让它休息，他觉得如果让机子老是超负荷运行，那它也会承受不住，也是会发脾气的。

说起丁辉的一个爱好，他的战友总是忍俊不禁——他老喜欢捡东西，别人扔掉的那些废弃了的零件，他会当宝贝一样捡起来，藏起来。有人笑话他，他便说，没准哪一天能派上用场呢。说来也真是这样。有一次，另外一个部门使用的一台机器坏了，需要更换零件，但船在行驶途中，一时半会儿弄不到新的零件。正当他们急得团团转的时候，丁辉来了，从他捡来的一堆"宝贝"中找出了一个可以替代的零件，用上去后，刚好合适。

有时候，战友去找他，发现他正跟机器嘀咕着什么。这时，战友就会悄悄地离去，然后悄悄地传话："班长正和他的机器朋友谈心呢。"

丁辉想，既然我都可以跟机器做朋友，为什么不能跟女儿做朋友呢？如果我老是把她当成小孩子，老是摆出一副大人的样子，老是不把她说的话当回事，那她怎么可能不对你产生疏离感和陌生感呢？

这么想着，丁辉倒是不再心绪烦乱了。

他知道，他找到一把打开自己和女儿沟通之门的钥匙了——他要与女儿做好朋友，平等相待，平等交流。

夜更深了。

舷窗外，风平浪静。

一轮明月高挂在天空中。

丁辉坐到桌前，扭亮台灯，开始给女儿写信：

女儿：

爸爸出发已有一个月了，还有四个月左右才能回来。前几天往家里打电话时，你妈妈说你已经睡觉了，我很想听听你的声音，但不忍心叫醒你，怕影响你第二天的学习。因为时差的原因，总是很难凑巧和你通个电话聊上几句，但爸爸时刻都在想念你。

等任务结束后，我想跟你好好聊聊爸爸出海期间的所见所闻，有不少有趣的事情呢。爸爸每到一个地方，都拍了些当地的照片，以便回去后讲给你听。你愿意听吗？

到目前为止，爸爸的工作很顺利，身体棒棒的。你就放心吧！记住了，学习上不能松懈，有不懂的要及时请教老师和同学，一定要把难题弄懂吃透，这样才能提高学习成绩。做作业或考试时，要记得爸爸跟你说过的，动手之前先动脑，不能马虎。在学校里跟同学们要和谐相处。

你和妈妈在家时要多注意身体，你学习上的事情完成后，适当帮妈妈做些家务。妈妈起早贪黑照顾你，挺辛苦的。有空时，替爸爸给爷爷奶奶和外公外婆打个电话，问问他们在老家的情况，叫他们少干体力活，保重身体！

女儿，你和妈妈很长时间与爸爸分居两地，现在虽然你和妈妈迁到了爸爸工作的地方，可爸爸还是很少回家照顾你和妈妈，但相信你会懂得爸爸努力工作是为了什么，你一定会对爸爸的付出感到自豪的！

对于抽烟这件事，爸爸知道你完全是为了我好，以前我对你的戒烟要求不够重视，爸爸是要检讨的。你要相信爸爸会听你的话把烟给戒了，只是爸爸要向你坦白，可能现在一下子还戒不了。你再给爸爸点时间好吗？再耐心等等爸爸好吗？但有一点是肯定的，我现在已经少抽很多了。爸爸回来的时候，你可以再在我的门上贴上纸条监督我！真的，我都不会抱怨，我还感到特别温暖呢！

另外，我想告诉你，爸爸在这里又学了几道你没吃过的菜，回去后爸爸就做给你吃，让你好好尝尝，大饱口福！

女儿，你要记得，你永远是爸爸的小棉袄！爸爸永远是你坚强的后盾！

爱你的爸爸

和平方舟结束任务回到舟山军港的时候，丁辉没有想到，这回，女儿出现在了迎候的人群里。

女儿是特意请了假来码头接他的。

丁辉心里甜滋滋，暖洋洋的。

丁辉一回家就忙乎上了，天天想着给女儿做好吃的，辣子鸡、红烧肉、地三鲜、小龙虾……女儿吃得很开心，还说味道真不错。

当然，他得接受女儿的监督：第一，不在屋子里抽烟；第二，严格控制抽烟数量。

女儿乐意与丁辉多说说话了，那天，女儿跟他说："爸爸，你能教我烧菜做点心吗？"丁辉听了，满心欢喜，立刻拉着女儿进了厨房。

……

丁辉又要出发了。

这次，和平方舟执行的"和谐使命—2018"任务将一路驶向太平洋、大西洋，驶向海水更加深蓝的地方。

临出发前，女儿塞给丁辉一封信。

丁辉急急忙忙就要打开。

女儿说，不行，到了船上再看。

又是夜深时分。

伴着哗哗的海浪声，丁辉展开女儿写给他的信：

亲爱的爸爸：

开学已有半个月了，我在学校里和同学们相处得很融洽很开心。虽然学校管得很严，手机不让用，请假手续很麻烦，但不用担心我，我很适应，都能做到。

以前在老家的时候都不怎么能见到你，也就是春节的那几天可以看到你。在我童年的记忆里，大多数都是和妈妈在一起玩耍，和妈妈一起学习，一起看电视，只有一小部分是关于你的。其实，我已经习惯了和妈妈在一起的时光。

自从我转学到了舟山，和你相处的时间比以前多了很多，发现你也很不容易。虽然不出海时，你星期三、星期五晚上可以回家，但第二天一早，天还没亮，你就又往船上赶了。有时听你讲，船上什么设备坏了，你得忙上忙下地干活，一定要把问题解决了才放心，每天的工作量挺大的。在家里，你不仅烧饭烧菜给我们吃，还会跟我们聊天，还愿意倾听我在学校里遇到的事。记得有一天，我跟你说在学校里遇到和同学相处的问题，你很耐心地听完，还帮我出了一些主意供我参考。虽然我觉得你出的主意不合我意，但还是觉得你很贴心。以前我老是认为你和我之间的距离非常远，我没有什么共同话题可以和你说，但现在我慢慢地发现并非如此。尽管你每次出海都要好长时间，但我感觉你一直在我身边陪伴着我。

爸爸，你在船上要注意身体，累了就休息一下，别把身体搞垮了，你可是我和妈妈的靠山哦！对了，爸爸，我会做你爱吃的发糕了，我会拍张我做的发糕的照片到微信朋友圈，你也点个赞哦，等你回来，我做给你吃！

我在学校里一定会好好学习的，牢记你在我耳边时常唠叨的两个字："努力"。

另外，关于你戒烟的事情，我想说，我会给你时间的，而且也给你排好了时间表，相信你也会做到那两个字："努力"！

你的女儿

信的后面附有一张纸，上面写着："爸爸的戒烟进度表"。

我看到这是一封手写的信。

丁辉告诉我，读完信，有那么一刻，他用手掌捂住了自己的脸。

第 4 章

小 时 候 ， 我 有 一 个 梦 想 ……

—— 和 平 方 舟 官 兵 孩 子 时 的 故 事

"船是我，我也是船"

　　郭保丰给自己起了个英文名字："Ark"，也就是"方舟"的意思。

　　郭保丰是和平方舟医院船第三任船长。

　　我很喜欢的一首歌里这样唱道："澎湖湾，澎湖湾，外婆的澎湖湾，有我许多的童年幻想，阳光沙滩海浪仙人掌，还有一位老船长。"每当我听着这首歌，总会遐想，在落日黄昏的余晖里，踩着薄暮走来了一位老船长，他头发花白，目光坚毅，额头上刻满岁月的沧桑。

可郭保丰却是位年轻的船长。

2014 年，三十五岁的海军中校、东海舰队某大队参谋长郭保丰接到命令：到和平方舟医院船报到，担任实习舰长。

接到命令的那一刻，郭保丰一下愣住了。

——这可是艘世界闻名的"明星舰"，我能挑得起这副重担吗？

郭保丰感到"压力山大"。

其实，虽然郭保丰是和平方舟历任船长中最年轻的一位，但他已是个具有丰富航海经验的"老海军"了——从几百吨的猎潜艇，到几千吨的油船、侦测船，再到上万吨的补给舰，都留下了郭保丰的足迹。在这从小到大、从"黄水"到"深蓝"的过程中，郭保丰的技术能力不断提升。正是这些过往的经历，掌舵和平方舟的重任落到了他的肩头。

2015年，郭保丰正式出任船长。

郭保丰是个"兵二代"，他的爸爸曾是一名炮兵，爸爸身上的军人气质对郭保丰有着深刻的影响。

不过，小时候，郭保丰的理想并不是像爸爸那样当个军人，他梦想着自己长大后能做个医生。

说起来，这是有原因的。

1979年11月，郭保丰出生在浙江省诸暨市浬浦镇尖溪村，听那村名，就是一个有溪水流淌的地方。可郭保丰的出生纯属意外，因为家里已经有个独生子了，所以他妈妈有些犹豫，要不要把他生下来，最后，还是他的奶奶做出了"一言九鼎"的决定。只是非常遗憾，就在郭保丰出生前两个月，奶奶突发心脏病去世了，才五十多岁。虽然郭保丰没有见过奶奶，但他对这位给他发出"出生令"的长辈充满感恩，他想，要是将来做

个医生，他就可以给像他奶奶这样的病人治疗了，让他们起死回生。

小时候，郭保丰喜欢跟在他哥哥屁股后面到小溪里去抓鱼。哥哥比他大三岁，个子比他高，力气比他大，他很崇拜他哥哥。村里的这条小溪窄窄的，浅浅的，但永不干涸，一年四季哗哗地流着。郭保丰和哥哥一起抓鱼，抓着抓着，跟着溪水跑了起来。溪水渐渐地加急、加宽，最后汇入了浦阳江。

历史上，浦阳江为独流入海的河流，河面宽阔，因此，郭保丰的哥哥找来一张竹排。郭保丰跳了上去，一边撑着竹竿，

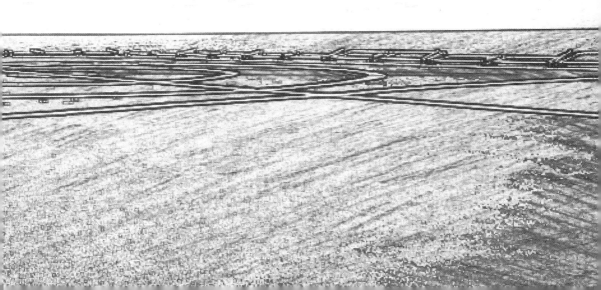

一边快乐地唱起歌来。他的嗓子很好，会唱许多江南的歌谣。

竹排顺着河水前行，经过诸暨这座著名的西施故里。郭保丰的哥哥讲起了二千五百多年前春秋末期的西施的故事，西施的美丽、善良和为国献身的精神，深深地打动了郭保丰，他想做人就应该这样正直、勇敢和坚韧。

有一回，郭保丰和小表哥一起去外公家玩。小表哥从遥远的甘肃过来，郭保丰比他小一岁。那天，两人一开始还有说有笑的，不料，后来却起了争执。原来，他们在争论一个问题：究竟是羊吃骨头，还是狗吃骨头。小表哥说是羊吃骨头，郭保丰说是狗吃骨头。两人各执己见，互不相让，最后竟争吵起来，小表哥还很强势地说，我比你大，你就得听我的。郭保丰不依不饶，跑到外公那里，要外公给评评理。外公想了想，咧嘴一笑，并朝郭保丰眨了眨眼睛，然后说："那就听小表哥的吧。"郭保丰一听，非常生气，然后冲出屋子，一会儿便不见了人影。他觉得"外公不公"，明明是狗吃骨头，怎会说是羊吃骨头，简直岂有此理，有失公允。其实，他没有明白，外公之所以先跟他眨了眨眼睛，就是暗示他，小表哥远道而来，他是客人，应该让让他。

不见了郭保丰，大人们焦急起来，屋前屋后，巷里巷外，到处喊他找他，但就是没找到。

148

有个邻居说，不用找了，到吃饭的时候，他自然就会出来的，总不能让自己饿肚子。

大人们都不知道，其实，郭保丰并没有走远，他就在灶房，躲在大灶旁边的那堆柴火里。他拒绝出来，也拒绝吃饭。天暗后，趁着大人不备，偷偷地溜回自己家去。

郭保丰把事情的来龙去脉告诉了哥哥。哥哥听后，忍不住笑了起来，可他马上又一脸严肃地跟他说："你坚持自己的主张没错，你好强逞能也没错，你责怪'外公不公'同样没错，但是，你有没有想过外公对你暗示的意思是什么，那是告诉你，我们也要懂得宽容，懂得忍让，这不也就是西施的品格吗？"

听了哥哥的话，郭保丰觉得自己明白了一些事理。

哥哥拍了拍郭保丰的肩膀说，明天，我再带你去划竹排。

竹排在浦阳江里一往无前。

竹排飞流中，乡村娃郭保丰在一天天地长大。

浬浦历史悠久，既有自然风貌，又有人文景观，那里的大岩寺悬岩石窟最为著名，唐代高僧千岁禅师周游各地，来到这里后停下了脚步，在悬石上面建了一座寺庙，相传寺中藏有贝叶经和晚清经学大师俞樾著作七百余卷。这么一个文气弥漫的地方，历来为读书人所喜欢。郭保丰也经常去那里，坐在寺外的大石头上，安静地看书，背英语单词。

郭保丰有一本"英语词典"，那不是买来的，而是他自己用笔抄录的英语单词本。他天天记，天天背，这本独一无二的"英语词典"也变得越来越厚。不断地有同学叫他去买新出版的各种英语词典，他都笑着摇摇头，说还是自己的"手抄本"最管用。

　　那是在执行"和谐使命—2018"任务时，和平方舟第一次到访智利。这次不仅要为智利民众提供医疗服务，还要参加智利海军成立二百周年庆典活动以及"2018拉美国际海事防务展"。参加活动那天，拉美国家的海军军官都来了，郭保丰用英语和他们侃侃而谈，自信而从容。回到船上后，看到他那开心的样子，有官兵问他怎么回事。他说："我今天可是全程用

英语交流的，本来还生怕人家听不懂我这带着浙江口音的英语，没想到，我们全程无障碍交流！你们说我开心不开心？"他靠在椅子上，那神情像是个考了满分的孩子。大家让他透露学好英语的窍门，他打开公文包，从里面掏出了一个厚本子——原来，就是那本学生时代的手抄本"英语词典"，他一直带在身边，成了和平方舟船长后，他又带到了船上。

在学校时，乡村娃郭保丰不仅是个"学霸"，还是个"明星"呢。

郭保丰多才多艺，充满文艺细胞，有一次，学校组织文艺汇演，郭保丰悄悄打探消息，发现大多数同学报的节目不是唱歌跳舞就是诗歌朗诵，于是，他和另一位同学商议，要出奇制胜，必须别出心裁，两人决定自编自导自演一出喜剧小品。那时，正值全民"下海"，世相百态，发生了不少荒诞的事情，有独立思考和批判精神的郭保丰以此创作了《老头下海》，故事是说，一个老头急于"下海"发财，听到一家公司正在招聘业务员，赶紧过去应聘，可其实那是个皮包公司，自封总经理的"老板"一本正经，使出一套骗人的把戏。剧本写得既深刻又生动，指导老师赞不绝口，唯一的要求，就是要在舞台上将这个小品用最好的艺术方式表演出来。

郭保丰和他的伙伴向老师申请"艺术资助"，结果，班主任破例从班会经费中拿出了五元钱。他俩用这笔钱买了所有的服装、道具和化妆品。大幕拉开后，郭保丰扮演的皮包公司老板一亮相，就让观众捧腹大笑。只见他用摩丝喷了个飞机头，抹了油的脸上油光锃亮，手里拿着"大哥大"，胳肢窝里夹了个大皮包，一本正经却漏洞百出地回答应聘老头的问题。郭保丰的表演惟妙惟肖、活灵活现，把一个皮包公司老板的贪婪、虚伪、可笑都演了出来。郭保丰和他的搭档将喜剧小品的"包袱"抖得恰到好处，笑料百出，引得场下观众一片笑声和掌声，最后当之无愧地获得了一等奖。

郭保丰这下成了全校的明星，一时间，风头劲爆，同学们还送了他一个"雅号"，叫"小戏骨"。其实，郭保丰还有更厉害的呢，对于十几样乐器，他也略通一二，口琴、笛子、二胡、萨克斯、吉他、架子鼓，甚至钢琴都能拿来演奏几首曲子。

可是，后来有一天，郭保丰却一个人去浦阳江里划竹排了。

那天，他心事重重。

前天晚上，哥哥告诉他一件事情：由于家里没有劳力，家境一直不好，哥哥决定放弃学业，初中一毕业就外出去当漆匠，他已经找到一家建筑公司了。郭保丰听后，心里烦闷。他的妈妈走了过来，对他说，再怎么样，我们都要保你一直读到大学。

郭保丰划着竹排。

浦阳江的河水开阔而平缓。

郭保丰放下撑着的竹竿，他静静地躺在竹排上，任由竹排在河里漂荡，而他望着高远的天空，想着自己的心事。

他没有再唱那些歌谣，而是拿起本子，记下了一些想到的句子：

自己的影子，有时是最好的陪伴；自己的泪水，有时是最解渴的。

信仰，是最亮的星星，最有力量的桨。

对于大海来说，每日的潮起潮落、星光渔曲也许是她的少女舞曲，波涛汹涌是她留给天空最美的油画。

……

在这样的句子里，乡村娃郭保丰的心境慢慢地开阔起来，而那最早的梦想也有了微妙的变化，最后，一发不可收地冲出秀丽委婉的江南乡村，奔向大海，奔向大洋。

后来，经常出现在郭保丰梦中的大多是辽阔的大海，有一次，他梦见自己在茫茫的海上漂流，看到了一艘白轮船，还看到了一条向他游来的美人鱼。

一次次地做梦，一次次地醒来，有两个词在郭保丰的心里扎下了根：一个是"船"，一个是"海"，他渐渐清晰起来，相信自己命中注定是要登上大船的，是要出海的。

那他现在就要为此开始努力。郭保丰暗暗发誓，一定要好好学习，以后考上大学，不让爸爸妈妈失望，也不辜负哥哥为他做出的"牺牲"。

郭保丰学得更加自觉，更加投入了。

有一次，做一道数学题，结果发现不是整数，由于没有明确要求，所以，别的同学都只演算到整数，但郭保丰却精确到小数点后的两位数。有同学笑他也太细致了，但他却说，有时候，就是不能差那么一点点，他还引用了《礼记》里的一句话："差若毫厘，谬以千里。"

郭保丰的老师这样评价他：刨根问底，细心韧性，绝不马虎。

这样的学习态度，后来被郭保丰用在了工作之中。

和平方舟每到访一个地方，靠港时间总是十分精确。在一次又一次的磨炼中，郭保丰带着和平方舟做到了分秒不差的战绩。这种精确，已经成为和平方舟的一种荣耀。

2017 年，和平方舟首访东帝汶，为了方便当地民众直接到医院船主平台就诊，和平方舟决定停靠蒂力港码头。

郭保丰皱了皱眉头。

这可不是一件那么容易的事——蒂力港码头浅滩多，暗礁多，不仅没有引水员，就连一个航标都没有，在和平方舟到来

之前，这座码头还从来没有靠泊过万吨以上的船只，所以，连东帝汶军方都怕出危险，建议医院船不要靠岸，就锚泊在港湾内。

船长室里，大家的目光都看向郭保丰。

郭保丰毫不犹豫地说："放小艇，我们自己去测量码头的相关数据，我们不能有一点马虎，必须精确再精确！"

虽然郭保丰沉着冷静，其实，对他来说，这是职业生涯中的一次"历险"。

郭保丰率领航运长、测量员等五人，坐上从船舷放下的小艇立刻出发。

从锚地到码头有三海里远，郭保丰他们顶着风浪，细细测量，反复比对，整整作业了两个小时，摸清了情况。整个过程

相当艰难，甚至险象环生，可事后，当人们问起郭保丰时，他却全然想不起来了，因为心里面除了数据，其他的都没顾上。

回到船上，郭保丰立即根据测量数据制订具体的方案，诸如改变排水量、减少舰船的吃水浮力等，一切都必须精确，他知道，不能有半点偏差，必须做到万无一失，而且还一定要按照时刻表，在规定的时间里准时到达。

连东帝汶军方都说，郭保丰为他们开辟了一条靠岸的航线。

和平方舟开始靠岸。

驾驶室里，郭保丰全神贯注地盯着前方。

和平方舟绕过暗礁、浅滩，朝着码头驶去。

"五星红旗迎风飘扬，胜利歌声多么响亮……"蒂力港码头上，迎接和平方舟的华人华侨唱起了《歌唱祖国》。在响亮的歌声里，他们看见一个白色的"庞然大物"朝自己"压"了过来，然后稳稳地靠在了码头上。

郭保丰一脸平静，他平展眉头，嘴角露出笑容。

……

乡村娃郭保丰在朝着自己的人生目标一步步地靠近，只是乡村里的学校太不稳定了，不断地撤，不断地并，小学、初中，郭保丰不得不随之四次转学。即使在这样的环境之下，他还是不受干扰，没有抱怨，保持平稳的心态，保持平稳的学习水平。

郭保丰还是常常做梦，梦境相同——在梦里，他驾着小船，后来，那船儿越来越大，越来越大，而且，大船在茫茫海洋中航行，一会儿在东海，一会儿在南海，一会儿在马六甲海峡，一会儿在好望角……

1997 年，郭保丰从涅浦中学毕业，高考成绩优异，在填志愿表时，他没有丝毫犹疑，提笔写下了：大连舰艇学院。

拿到录取通知书的那天，全家喜气洋洋，哥哥说，你帮我完成了自己的心愿。妈妈说，以后，你就要四海为家了，每次出航，我都会为你编一个平安符。爸爸说，你要记着，当兵的人，肩上扛的是国之大事。

大学毕业后，郭保丰来到东海舰队，不久，又考上了海军指挥学院的硕士研究生。

当初那个追着溪水奔跑，在浦阳江里划着竹排放歌的乡村娃，如今已是和平方舟这艘万吨军舰的船长。

郭保丰之所以给自己起"Ark"这个英文名字，是因为他所在的和平方舟在英语里被叫做"Ark Peace"。

"让自己的一切成为和平方舟的一部分，船是我，我也是船，以海为家，以船为家。"郭保丰这样解释自己的英文名字。

的确，郭保丰早已把自己与和平方舟紧紧地绑在了一起。最让他感觉欣慰的是，没有想到，孩提时代最初的理想以另一种方式实现了——没做医生，但做了医院船的船长。

现在，每次医院船出征，一到开放接诊的时候，郭保丰都会主动站在主平台上担任"导医"。

郭保丰说，他是一个最幸运的人。

在和平方舟上，每一位官兵都有专门储存照片的电子文件夹，照片不仅记录着他们到过的地方、做过的工作，也记录着一段段故事。我在郭保丰的电子文件夹里看他的照片，有阳光下的夏威夷柔软的沙滩，有夜深时分依旧繁忙的巴拿马运河，有厄瓜多尔的足球场上飞跑着的身影，有在智利的海边教外国友人比画"中国功夫"，有在斐济与当地民众一起跳民族舞蹈时的欢乐……但最让我动容的是一张在吉布提他抱着一个女孩的照片，女孩肤色黝黑，她刚刚做完治疗，心里还有些紧张，但被郭保丰抱着，望着他看向自己的满是怜爱的眼睛，她却放松了下来，她还伸出右手，竖起了大拇指。

在这本电子相册里，我还读到了郭保丰写下的一首小诗：

小小的梦想

我曾渴望远航

成为夜空中最明亮的星

长大后

靠近

大海里最奔放的花

我躺在满是星光的战舰上

听见来自海底的鱼群道着晚安

梦里面我看见了最纯的笑靥

……

2019 年 1 月 18 日

上午

阳光和暖

执行"和谐使命—2018"任务的和平方舟，经过二百零五天的海上航行，圆满完成任务，驶向舟山母港。

和平方舟开始靠港。

坐在船长椅上的郭保丰眯着眼睛眺望前方——那一道由水泥浇筑的码头在他的视野中渐渐清晰起来。

不一会儿，郭保丰拿起手边的望远镜，仔细地看了看。

当他放下望远镜时，他轻轻地舒了口气："回来了。"

可以看到岸上迎候的人们了，郭保丰知道，他们中一定有自己的两个儿子，十三岁的斌斌、八岁的鹏鹏，而且一定穿着与他同款的"海军迷彩服"。

此时，官兵们已经在甲板上列队，他们的脸上藏不住心里的欢欣。

可驾驶室里的郭保丰，却是一如往常的平静，甚至有些冷峻。现在，他还不能有任何的马虎，他的神经还需要继续绷紧到靠岸为止。

郭保丰已不太记得清这是自己第几次驾着舰艇靠港了，但他的航海里程表里确切地记录着，他的累积航程已近二十万海里，去过三十多个国家和地区，足迹遍布三大洋六大洲；而且，在他作为第三任船长期间，和平方舟创下了新的纪录——航行距离最远31800海里，经度最大跨度180度，纬度最大跨度

72 度，单航程最长航行 5475 海里，任务时间最长航行 205 天，单次访问国家 12 个……

　　郭保丰是最后一个下船的。

　　临下船时，郭保丰先去了趟自己的房间，那里挂着好多串色彩鲜艳、样式不同的平安符，这都是他妈妈亲手编织的，每次上船，妈妈总会编一个送他，她相信自己编织的平安符一定会保佑儿子平安回家。郭保丰拿了一个下来，这次，他想带下船去放到妈妈的手掌里。

　　历尽千帆，归来仍是少年。

"大家都叫我烨哥"

接受为期半年的航海专业培训后，女兵黄芳烨向和平方舟报到。

一上船，黄芳烨就被墙上挂着的一张照片给震撼到了。

照片上，一名荷兰女兵正在波峰浪谷中徒手攀爬舰船软梯，和战友们一起将一位士兵送上和平方舟诊治。那是在亚丁湾，荷兰军舰上的几名女兵驾着高速艇驶来，虽然海上风大浪大，但她们毫不畏惧。

黄芳烨想，那名徒手攀爬舰船软梯的女兵太厉害了。不过，咱们中国女兵也能做到啊，我得试试，我要比外国女兵更厉害。

黄芳烨是一个从不服输的女孩。

小学五年级时，班里的男孩组织了足球队，他们天天放了学就去公路局的草坪踢球，黄芳烨也天天跟着去，但他们就是不让她一起玩，让她一边待着去，甚至跟她说，我们男生踢足球，你一个女生跟着干吗？

黄芳烨不服气，理直气壮地说："你们男生可以踢足球，女生就不能踢？"

男生不耐烦地说，那你自己去组个女子足球队好了。

让黄芳烨绝望的是，其他女生都捂起嘴跑了："我们不踢球，我们只参加啦啦队。"

黄芳烨只能跟男生摊牌："班里就我一个女生想踢球，所以你们得让我加入球队。"

几个男生窃窃私语了一番，为了摆脱黄芳烨的纠缠，他们决定刁难她一下，让她出个洋相，看她一个笑话，然后让她自己识趣地离开。

男生对黄芳烨说，如果你今天能射进一个球，我们就不撵你了。

黄芳烨说："那就说定了！"

草坪上，男生们站在两边，他们派出了最强门卫。

黄芳烨先是颠了几个球，然后把球定定地踩在脚底，接着，她后退两步。

门卫微蹲，伸出两条手臂，严阵以待。

黄芳烨大吼一声，飞起一脚射门。

门卫立刻跃出身去扑球。

可是，黄芳烨射出的球力量实在太大了，竟然把门卫撞倒在地，门卫没能接住球，眼睁睁地看着球攻入球门。

进球成功！

男生们都看呆了，面面相觑："这个假小子真是个大力士啊！"

黄芳烨就这样无可争辩地加入了班里的男子足球队。

从此，她"假小子"的名声更大了。

1992年8月，黄芳烨出生在福建省宁德市的一户普通人家，因为家里已经有个姐姐了，所以，爸爸妈妈就把她当作男孩子来养，在她童年的照片里，没有扎小辫的，一律平头；没有穿花裙子花衬衫的，一律短袖和背带短裤。她和姐姐的合影永远被认为是"姐弟俩"。

"假小子"黄芳烨还真跟别的女孩不一样。

黄芳烨最喜欢的玩具不是洋娃娃，而是变形金刚，尤其是各种刀枪，她会拿着玩具刀枪细细琢磨，也会拿着玩具刀枪到处奔跑，喊着"冲锋"，一副天不怕地不怕的模样。

有一天，黄芳烨拿着一把小水枪，到河边去，往水枪管里灌水。

从岸上到水边，有几级石阶，黄芳烨拿着水枪一步步往下走，然后把水枪伸到河里。

黄芳烨不知道，此时，危险正在来临。

黄芳烨的一个表哥也来到了这里，站在高高的岸边，他想玩打水漂，所以将手里的石子一块块用劲地扔向河里。

他没看到石阶下蹲着的黄芳烨。

突然，一块大石子砸中了黄芳烨的脑袋。

顿时，血流了出来。

黄芳烨既不哭，也不叫，用手捂住脑袋，走回岸上。

表哥看见从下面台阶上走上来一个满脸是血的人，吓得撒腿就跑了。

黄芳烨被家人送到医院，头上缝了长长的十三针，可要强的她硬是没有哭过一声。

黄芳烨不愿做娇滴滴的女孩，她要像男孩子一样刚强。

还有一回，黄芳烨去外婆家玩，看到大人们正在清理柴灶里的灶灰。

外婆家的柴灶上面有两口大锅，每天生火起灶，自然会落下许多烟灰，如果不经常清理，底下就会塞住，火头就不旺了，何况灶灰还是很好的肥料，可以撒在农田里。因此，大锅下安了一个滤网，用于过滤烟灰，这个滤网用铁圈箍得紧紧的。

大人们将滤下的灶灰清扫后拿到外面去，一旁看着的黄芳烨心里痒痒的，调皮劲儿也就上来了。

趁大人不在，黄芳烨伸出两只手，一把抓起了滤网。

这下可闯祸了，因为两口大锅刚刚煮过东西，所以滤网还滚烫着呢，黄芳烨的两只手当即被烫伤了，指头、手掌全都起了水泡，肿得像是猪蹄子。

家人从医院配来了药水，让黄芳烨将手浸泡到药水里以消炎去泡。真是十指连心哪，那疼痛至今让黄芳烨一想起来还直吐舌头。这回，黄芳烨泪水直流。大人说，你要哭就哭出来吧，别忍着。可黄芳烨还是忍住了，只流眼泪绝不哭出声来，她觉得这才不枉被人叫做"假小子"。

如此硬气，可以想象黄芳烨长大成为一名女兵后，会是怎样的刚毅似铁，顽强如钢。

2011 年 9 月，黄芳烨考上了大学。入学三个月时，听说海军正在招女兵，这个消息让她激动不已，因为她小时候最大的愿望就是能当兵。她曾痴迷于动画片《黑猫警长》，心想长大后要当个特警，当个特种兵。现在，机会来了。她立刻赶往征兵处报名，过五关斩六将，终于如愿以偿，怀揣着水兵梦开启了"军旅人生"。

一年后，黄芳烨成了和平方舟的操舵兵，她为此很骄傲，因为这是海军序列里第一批上舰的女兵。

航海是门技术活，为了尽快掌握技能，黄芳烨在老班长的指导下，将船上的相关设备研究了个遍，熟悉构造，分析原理，把握技巧。她夜以继日，乐此不疲，她想只有勤奋刻苦，才能赶超那个外国女兵。

2014 年 9 月，黄芳烨随和平方舟到达瓦努阿图首都维拉港，执行"和谐使命—2014"任务。

瓦努阿图位于南太平洋西部，属美拉尼西亚群岛，由八十二个岛屿组成。那里属于热带海洋性气候，天气非常炎热。瓦努阿图是世界上最不发达国家之一，缺医少药，因而和平方舟的到来给患病的人们带来了希望，他们天天翘首以盼，渴望登上船去看病。

可是，由于这里陆地面积小，口岸吃水浅，和平方舟无法靠岸，只能通过登陆艇来回接送看病的人，但这对登陆艇驾驶员来说，却是严峻的考验，因为和平方舟只有两艘登陆艇、四个驾驶员，他们必须冒着酷暑，每天在海上连续工作十六个小时。

黄芳烨冲上了第一线。

其实，黄芳烨才刚刚学会驾驶登陆艇。事实上，她心里还是很有些紧张的，要知道，一艘登陆艇离舰出发后，便是一艘单独航行的舰船，那驾驶员就是登陆艇的指挥员了，必须独自处理在海上发生的任何情况，而初次驾驶登陆艇实战的黄芳烨毕竟对这片陌生的海域一无所知。

任务当前，由不得黄芳烨想那么多了，她驾着登陆艇风驰电掣般地向岸边驶去。

和平方舟上的登陆艇有十二米长，可以搭载十六个人和五吨物资，如果光是载人，可以搭乘四十多人。

海上状况复杂，瞬息万变，刚刚还是风平浪静，转眼间已是大浪滔天。

黄芳烨聚精会神地驾驶着登陆艇，她不能有任何闪失，她要保证所有搭乘者的安全。

天气实在太热了，热风、热浪炙烤着在烈日下驾驶的黄芳烨，她感到一阵阵的眩晕和窒息。她知道这是中暑的前兆，但她必须坚持。从和平方舟到码头相距十海里，单程需要二十多分钟。黄芳烨不停地来回运送，只有在间歇时间喝下一瓶又一瓶的藿香正气水。

登陆艇在高速前行。

突然，一个浪头打了过来。

登陆艇剧烈摇晃。

有人不禁叫出声来。

黄芳烨让自己镇定住。

不好！

黄芳烨猛然觉得眼睛刺痛起来。

虽然黄芳烨戴着墨镜，但刚才那个大浪还是将海水溅到了她的眼睛里。

盐分浓烈的海水辣得黄芳烨睁不开双眼。

不能让登陆艇失控，这会危及四十多个搭乘者的生命。

黄芳烨强忍疼痛，拼命地瞪大眼睛，两只手用力紧紧地握牢舵杆，稳稳地控制航速，最终安全抵达靠泊点。

一连四天，黄芳烨每天驾驶登陆艇，来回二十多趟接送看病的人。

在波涛滚滚的大海里，黄芳烨愈战愈勇，那片陌生的海域在她挺直的身子下，也变得驯服起来。

官兵们看着被晒成"黑人"的黄芳烨，都说她像登陆艇一样，是用钢制成的，但她却开玩笑说："我这个钢人全靠藿香正气水续命呢。"其实，所有人都知道，真正支撑着黄芳烨的是她的信念、勇气和顽强。

那天，黄芳烨接运一位患有白内障的老奶奶去和平方舟治疗，陪同老奶奶的还有她的女儿，登陆艇到达后，由于停在和平方舟的舷侧门，从登陆艇到船上还有一截距离。

但老奶奶爬不上舷梯，而她的女儿也抱不动她。

这时，黄芳烨对在船上接应的战友大喊一声："你接好了哦！"

话音刚落，黄芳烨一个"公主抱"就将老奶奶抱了起来，然后，在战友的协助下，将老奶奶送到了船上。

老奶奶的女儿睁大眼睛，惊叹道："您真太强大了！"

说来，小时候的黄芳烨，也常常被家人这样夸奖。

有一次，黄芳烨的妈妈生病了，医生开出医嘱，得每天去医院挂水，连续一周。黄芳烨的妈妈手脚都因输液扎满了针眼，浑身难受，没有力气上下楼梯。外婆在一旁干着急，说家里要是有个男孩子就好了。

黄芳烨听后，对妈妈和外婆说："你们不用担心，这事就交给我了！"

黄芳烨的家住在六楼，没有电梯，妈妈担心地问她："你能行吗？"

黄芳烨二话不说，就把妈妈从床上背了起来，然后用她小小的身躯把一百三十多斤重的妈妈从六楼背到三楼，休息片刻后，再背到一楼。

如此背上背下，坚持了一周。

打那过后，黄芳烨把家里换煤气瓶、买大米之类的重活、累活都揽了下来，她虽然个子不高，力气却越来越大。外婆逢人就说："我们家出了个名副其实的假小子！"

让人难以置信的是，黄芳烨这么个"粗犷强悍"的女兵，还是和平方舟军乐队的一名乐手，古琴、长笛、黑管、尤克里里，样样拿得起来。

那天，和平方舟抵达美国夏威夷后，举行了一场与外军的联谊晚会，黄芳烨脱下迷彩服，换上素色古装，活脱脱一个中国古代的淑女；她满是老茧的双手也瞬间化作了绕指柔。

黄芳烨表演的是琴箫合奏《关山月》，只见她端坐在古琴前，运用轮指的弹奏手法，将这首感慨戍边战士的古朴大气的古曲演绎得扣人心弦，赢得全场喝彩。

说起黄芳烨学古琴，也是一桩奇事。

和平方舟在舟山母港休整的时候，有一天，船长去书店买书，遇到了一个同样爱好读书的大姐，两人闲谈间，当大姐得知船长来自和平方舟时，高兴地说，你们是和平使者，应该把中国的民族音乐带给世界上更多的人。大姐热情地说，她家先生可以教官兵们学古琴。大姐的先生叫王政，是浙派古琴名家，琴艺精湛，一派儒雅风范。船长回来后，跟大家说起此事，还问谁有兴趣去学，可以报个名。结果，有七位官兵报了名，其中就有黄芳烨。

他们拜了王政为师，开始学琴。可是，仅仅过了两个星期，便有人坚持不下去，开始打退堂鼓了，到最后，只剩了黄芳烨一个人。

王政说，黄芳烨看上去风风火火、毛毛糙糙，其实她细腻得很呢，沉得下心来，很有定力。

黄芳烨的定力是从小打下的基础。

读中学那会儿，班主任老师跟黄芳烨说，大家都说你是个假小子，大大咧咧，无拘无束的，但其实，我们还需要另一种品质，沉着而冷静，这样才是一个完美的人。

班主任征求黄芳烨的意见，让她去宁德市少年体育运动学校学射击。

打小喜欢舞枪耍刀的黄芳烨答应了。

班主任带黄芳烨去见了教练。

教练看过黄芳烨的手后，十分满意，说她手臂很直，稳定性高。而且，经过测定，黄芳烨的骨龄比同龄人要小四岁，大有发展余地，简直是老天的赐予。

黄芳烨练的是 25 米手枪慢射。这项运动规定运动员在距离靶子 25 米处，采用立姿单臂持枪，无依托进行射击，以小口径手枪共射击 30 发子弹，慢射时分为 6 组，每组 5 发子弹且在 5 分钟内完成一组射击。

黄芳烨每天上午在学校读书，下午赶到少体校训练。

除了射击，运动员还要进行各种体能锻炼，强度大，而且反复练习同一个动作，既枯燥，又劳累。但是，黄芳烨耐下心来，她将先前的浮躁剔除干净，让大家看到一个原本坐不住的人也可以练成一座不可撼动的雕塑。

黄芳烨长进迅速，很快就参加了福建省射击锦标赛。

多年以后，黄芳烨跟我说，练习手枪慢射，让她的性格改变了许多，粗放中有了细腻，好动中有了定力。

有一天，在茫茫太平洋的航渡途中，和平方舟编队举行了一场专业基础技能比武，来自海军总医院、海军某训练基地、特战队与医院船等不同单位的一百余名官兵共同参加，结果，在此次比武中，黄芳烨一举夺得理论考核、打绳结、个人防护器具穿戴三项第一。很多男兵说，面对黄芳烨，只能自叹不如。

就说打绳结吧，这可是每个舰艇兵的基本功，不然就做不好扣缆绳、解缆绳的动作。黄芳烨学的是传统的"天遮结"手法，她心灵手巧，很快就学会了，不过，她觉得这打法很繁琐，而且花的时间也长，打个结最快也得要八秒钟。

黄芳烨是个喜欢动脑子的人，也是个细心的人，她想，能不能有更好的打法呢？于是，她天天把绳子带在身上，一有时间就拿出来琢磨，走路的时候想，休息的时候练，连睡觉前都拿着绳子比画，弄得手指上缠满了创可贴。

功夫不负有心人，黄芳烨终于摸索出了一套改进动作，一下把打绳结的时间缩短到三四秒。

黄芳烨的创新引起了不小的轰动，基地领导专门让黄芳烨向大家传授她的绳结技艺，全面推广。最有意思的是，一位浙江省非物质文化遗产嵊泗绳结编织技艺大师，欣然将黄芳烨收为唯一的嫡传弟子。

2014 年年底，黄芳烨被任命为防化班长。

说实话，尽管这让黄芳烨由此成为和平方舟上最年轻的班长，也成为海军第一个女防化班长，可黄芳烨对于这个任命是不太愿意的，因为这对她来说，是个很重大的专业转行，她得从一个在海上开船的人变为船舱里的工作人员。要知道，黄芳烨是多么喜欢开船啊，海风呼呼扑面，浪涛踏在脚下，这才叫英姿飒爽。

黄芳烨去跟船长"泡蘑菇"。

不过，她心里并没有底，很有可能会被一脸冷峻的船长批个"屁滚尿流"。

黄芳烨跟船长说："我坚决服从组织安排，可能不能答应我一个要求？"

船长板起脸来："工作上的事怎么可以讨价还价。"

黄芳烨突然有点哽咽："船长，您也是开船的，您一定理解我是多么不舍得放下这份工作，所以，您就答应我吧，以后我还能驾驶登陆艇、高速艇……"

船长听了，心里不由得生出一阵感动："这是一个多么热爱事业的女兵啊！"

他掩饰住自己的激动，停顿了好长时间，才从牙缝里挤出两个字来："同意。"

黄芳烨一听，高兴得立刻敬了个礼，一溜烟跑出门去，转眼不见了人影。

一切从头开始。

黄芳烨非常努力，学防化仪器，学枪帆部门管理，学舱面作业，学机械维修，甚至学电工活……和平方舟一号甲板检伤分类区，有一个专门供官兵练习技能的小角落，黄芳烨常猫在那里苦练。

一天，几个女兵故意拦住黄芳烨，说要"检查"她随身带的包包，看看里面有没有口红、唇膏。结果，她们大笑起来，连黄芳烨自己也笑出了声——她包包里的东西实在太奇葩了：螺丝刀、扎带、热熔胶枪、电工胶布、电线、打磨头，当然，少不了梅花扳手。

黄芳烨第一次得到梅花扳手，还是在她五岁的时候。

那是黄芳烨的生日礼物。

黄芳烨的外公和舅舅开了一个修车铺，黄芳烨老是喜欢拉着姐姐去那里玩，可比她大两岁的姐姐却不情不愿，即使去了也离得远远的，自顾自地玩她的芭比娃娃。

黄芳烨蹲在车旁，两只眼睛眨也不眨地看着外公和舅舅修车，她觉得这太神奇了，一辆坏掉的车子，只要拿着各种各样的工具去修理，就又能开动起来，所以，她非常起劲地给外公和舅舅递工具，而且满眼放光。

黄芳烨要过五岁生日了，送她什么礼物好呢？外公和舅舅想来想去，最后决定送她一把梅花扳手，他们一致认为："这孩子好动，这礼物对她更合适。"

能拿到这样一份生日礼物，甭说黄芳烨有多开心了。

不久，妈妈给姐姐买了一辆四个轮子的小车，可七岁的姐姐却不敢骑，转手成了黄芳烨的专属"座驾"。黄芳烨骑着四轮小车到处跑，忽然发现，大人们骑的自行车只有两个轮子，于是，她就用梅花扳手把小车后面的两个轮子给拆掉了。

黄芳烨骑上车子，歪歪扭扭，摇摇晃晃，立刻摔了下来。可她满不在乎，再骑，再摔，手臂跌破了皮，腿上摔出了乌青块，可她照样带着伤，骑着车，满院子飞跑，嘴里还嗨嗨地叫着。黄芳烨的妈妈说，这个假小子又来劲了。

黄芳烨现在同样又来劲了。

俗话说，一分耕耘，一分收获。

2016 年 3 月，黄芳烨通过东海舰队核化侦察员鉴定，以全优的成绩拿到了证书，又是海军女兵第一人。

这一年的 11 月，黄芳烨作为唯一一名女舰员参加海军首届"防化杯"竞赛考核。

黄芳烨理着个平头，戴着军帽，男兵们都不知道她是个女孩。见她每个科目都动作干练，一路领先，他们暗中嘀咕："这个男兵看上去眉目清秀，倒是很难对付。"一直到公布成绩，黄芳烨被首长点名表扬："大家要多向这名女兵学习。"这时，男兵们才恍然大悟：原来与他们同场竞技的竟是一个女兵！

紧接着，12 月的时候，黄芳烨带领和平方舟的四名非专业官兵参加支队竞赛，获得了防化专业团体第二名的好成绩，这让黄芳烨十分自豪，因为她把团队的荣誉看得比自己个人的荣誉更高。

可黄芳烨还要突破自己，超越自己。

为了及时、有效地排除水下故障，部队决定要培养兼职潜水员。

黄芳烨立刻报了名。

说出来没人相信，其实，黄芳烨从来就是个"旱鸭子"，直到入伍当了水兵，才学会了游泳。

选拔特别严格。黄芳烨所在的支队有六十位官兵报名，初选就筛掉了四十个，然后，剩下的二十人再进行竞争——3公里跑、背负氧气瓶100米跑、1000米蛙泳、200米脚蹼……经过一轮又一轮的筛选，黄芳烨成为仅有的三名通过选拔的女兵之一。

潜水是一项有危险性的工作，每下潜十米就是一个大气压，水下高压会导致气体栓塞、呼吸困难、头痛、耳朵痛。

黄芳烨穿戴好潜水设备，勇猛地跃入舟山海域。

海水竟是如此浑浊，没过手背，便伸手不见五指。

在教练的指导下，黄芳烨学习调整呼吸，控制浮力，正确使用头盔、面镜、输气管、脚蹼，等等。

整整一个月，黄芳烨白天进行潜水实操，晚上学习潜水理论，紧张而高负荷的训练，让她每天都累得够呛。

我后来在听黄芳烨讲述这段经历时，想起一个人来，就是美国的自由潜水女将，名叫堂亚·斯图特，她至今保持着多项世界纪录，谈到潜水时，她曾这样说过："女生可以下潜得和男生一样深，但女生的痛感更强烈。"

不管怎样，最后的大考到来了。

这是设定的考核：一艘舰船的螺旋桨被渔网给缠住，需要潜水员潜入水下15米，去除缠绕的渔网。事实上，这是模拟的，那艘舰船的螺旋桨并没真的被渔网所缠绕。

黄芳烨和其他潜水员组成七人团队，每人下潜半小时作业，直至完成任务。

谁知，出乎所有人预料的情形出现了——

黄芳烨他们真的遇到了舰船故障。

一艘登陆艇船底中后方的螺旋桨被蟹笼绞住了！

蟹笼是当地渔民捕蟹用的一件"利器"，由铁质框架和聚乙烯编织网构成，上框架和下框架设有连接柱，支架两端设有连接孔，支架经连接孔、连接柱与上框架和下框架相连接，立体框架各侧面的网分别形成引诱口，立体框架内设有吊尔绳、尔袋，底面或顶面的网上有出蟹口。总之，就是一个地地道道、结结实实的网状铁笼子。

第一个潜水员下去了，半小时后，浮出水面，报告说被蟹笼绞住的是螺旋桨的桨叶以及尾轴。

第二个潜水员下去了，半小时后，浮出水面，报告说最难拆除的是铁丝网，呈一团乱麻的状态。

第三个潜水员下去了，半小时后，浮出水面，报告说已经变形的铁笼子死死包裹住了桨叶。

轮到黄芳烨下水了，她潜到水里，打开电筒，可由于海水太浑浊了，根本看不清楚，所以她只能在黑暗中用戴着手套的手去探摸。

水下的情况让黄芳烨倒吸一口冷气：那只破损变形的蟹笼又大又沉，所有的铁丝如同螃蟹的爪子一般四处伸展，张牙舞爪地紧紧缠住了整个螺旋桨。

一片漆黑中，黄芳烨凭着感觉，用手掰着粗粗的铁丝，好不容易掰开一个口子，然后掏出一把潜水刀，动作麻利地把绞缠螺旋桨的铁丝网割离。

时间在一秒一秒地过去。

黄芳烨感到耳朵在水压下开始疼痛。

但她继续用手、用潜水刀掰着、割着。

铁架松动了。

铁丝网松动了。

半个小时已到。

黄芳烨必须起水，回到岸上，不然会有生命危险。

好在处置工作已经有了头绪。

又一个潜水员跳了下去……

紧张有序的工作接力着，持续着，最后终于把绞缠住螺旋桨的蟹笼全部剔除。

登陆艇的险情被排除了！

黄芳烨顺利拿到了潜水员证书。

她高高地举起手来，她好想好想振臂大呼。

就在那一刻，黄芳烨突然想起了自己第一天来到和平方舟时，在墙上看到的那幅荷兰女兵的照片。

防化兵、操舵兵、电工兵、帆缆兵、潜水兵；安检员、纠察员、引导员、军乐队员……黄芳烨成了和平方舟上的一个"多面手"，一个"大能人"，一个"明星女兵"。

黄芳烨大大咧咧地说："咱们军人是一块砖，哪里需要往哪里搬。"

我明知故问："有人怎么叫你的？"

黄芳烨朗朗大笑："大家都叫我烨哥。"

我说："你是一个女孩子，你不介意吗？"

黄芳烨说："挺好啊，说明大家认可我！"

我悄悄地问黄芳烨："小时候，除了刀枪，除了变形金刚，你还有过什么心爱的玩具吗？"

黄芳烨抿着嘴笑了。

她告诉我说："海绵宝宝。"

"我是一个永远奔跑的少年"

执行"和谐使命—2018"任务的和平方舟抵达安提瓜和巴布达首都圣约翰。

白色的大船缓缓靠港。

旋即，一支医疗分队搭乘救护直升机飞往巴布达岛为民众提供诊疗。

与此同时，另一支由医护人员和船员组成的健康服务与文化联谊分队则乘坐中巴车前往安提瓜岛，专程去安提瓜和巴布达儿童康复中心，看望、慰问那里的孩子们。

在这支分队里，有一位手里端着相机的人。

他，就是和平方舟新闻负责人江山。

江山没有魁梧的身材，一看就是广东一带的人，但他身子敦实，行动敏捷。

江山是个"老船员"了，这是他第三次跟随和平方舟出发，前两次分别在2015年和2017年。每一次他都是主管新闻工作，协调随船记者的采访报道任务，沟通中外媒体，通过报纸、电视、广播、网络等各种媒体立体式解读"和谐使命"的重大意义和精神内涵，同时，他自己也深入一线，用文字、照片及时地向国内外发布有关和平方舟的新闻。展示和平方舟"代言中国，握手世界"的国际形象。

儿童康复中心在圣约翰的一座山顶上。

中巴车行驶着，从车窗望出去，能够看到城里的红瓦绿树。

安提瓜和巴布达位于北美洲，在加勒比海的小安的列斯群岛的北部，由安提瓜、巴布达和雷东达三个岛组成。安提瓜是一个石灰岩岛屿，面积280平方公里；巴布达是一个珊瑚岛，面积160.6平方公里；雷东达则是一个无人荒礁，面积只有1.3平方公里。这个国家天气炎热，有不到十万人口。首都圣约翰在安提瓜岛上，濒临大西洋，有着长长的海岸线。

江山是一位成就卓著的摄影家，对名山大川特别敏感，他去过很多地方，读书的时候，他去过最远最高的地方是青藏高原，是喜马拉雅山脉，在他的镜头里留下了许多大自然的壮丽景致。

中巴车已进入了圣约翰的丘陵地带。不管是火山丘陵，还是石灰岩丘陵，大多山势缓和，所以平均海拔不高，安提瓜全岛最高的山峰海拔也只有 400 米左右。

江山的老家在中国的粤北山区，那里的山脉与这里完全不同，崇山峻岭，巍峨磅礴，还有著名的丹霞地貌。很小的时候，江山和小伙伴们结伴去山里砍柴，要走六七公里那么长的一段山路，他们走着走着就会跑起来。所以，江山说自己是一个奔跑的孩子，就是在这样的奔跑中，他跑出了自己的才华和能量，跑向了自己的人生目标。

虽然圣约翰的港湾、岬角和火山地貌很漂亮，但今天，江山更想记录的是和平方舟给安提瓜和巴布达儿童康复中心的孩子们送去的特别的关爱和祝福。

康复中心的孩子都有先天缺陷，有的是脑瘫患儿，有的肢体残缺，有的有智力障碍，但这都不影响他们对爱的感知。知道中国军人们要来看望他们，孩子们各个兴高采烈，就像过节一样地期盼着。

中巴车刚刚停下，已经听到了孩子们的欢呼声。

江山身手敏捷，从车上一跃而下，立刻将相机的镜头对准了孩子们。

虽然有的孩子不能说话，有的行动不便，但他们的脸上各个都洋溢着灿烂的笑容。

江山不断地按着快门。

主管和平方舟的新闻工作，这可是一件既重要而又艰巨的任务，不管是在航渡途中，还是在实施医疗服务之时，都要不断地将发生的新闻记下来、发出去。

这样一副重担落在江山的肩头，当然是因为他能扛得起来——他既熟悉舰艇实务，又是专业的新闻工作者。

许多事情的成功，回想起来，都像是梦幻一般，因为常常都起源于孩提时代的一个小小的梦想。梦想是奇妙的，如果你用勤奋、努力的汗水去浇灌它，它就会长成一棵树，你越执着，它便越长越大，越长越高，待到枝叶繁茂，梦想也就变成现实了。

海军中校江山就有着这样梦想成真的故事。

1978年11月，江山出生于粤北山区的广东省韶关市翁源县周陂镇，他排行老四，上面有三个姐姐。说起来是普通农村人家，但也是"书香门第"，因为他的爸爸妈妈都是老师，家里最多的就是书。爸爸妈妈从小就教育孩子要有自己的人生梦想，并且为实现这个梦想去拼命奋斗。

周陂镇很小，四面环山。

有一天，江山坐在家门口，对爸爸说："爸爸，什么时候你可以带我去县里看看啊？"

爸爸想了想，说："等你小学毕业吧，如果你考了个好成绩，我就带你去县城，这是我给你的奖励！"

江山又问："那我该怎样考出好成绩呢？"

爸爸想了想，又说："那你就跑步吧，跑到别人的前头去！"

于是，江山拼命地跑步，拼命地读书。

小学毕业考试，江山考出了全镇第三名的好成绩。

爸爸兑现了他的奖励承诺，带着江山去了县里。

这是江山第一次走出山区，走出小镇。

江山瞪大了眼睛，他看到翁源县城比周陂镇大了许多，人也多了许多，物质也丰富了许多。

回去的路上，江山默默无语。

爸爸问他："你在想什么呢？"

隔了好一会儿，江山对爸爸说："我想，翁源县比周陂镇大，那韶关市肯定就比翁源县大了，我要好好努力，将来去韶关市念最好的高中，然后，考上大学，去更大的地方！"

爸爸拍了拍他的肩头说："那你要跑得更快！"

江山继续天天拼命地练跑步，他要练出脚劲来，这样才能跑到更大的地方去。

江山家里开着一所"桌子学校"。

"桌子学校"是江山爸爸命名的。每天晚上，吃过饭后，爸爸和妈妈就将江山和他的三个姐姐叫过来，孩子们围着桌子讲述这一天上学时的情况，然后由爸爸进行点评，除了学业，爸爸更注重以励志故事来教会他们怎么样去拼搏，

怎么样去奋斗，怎么样去做一个有益于国家和社会的人。

这所"桌子学校"最后改名为"桌子大学"，那是在江山和他的三个姐姐都考上大学之后，江山的爸爸为此非常自豪。

还在镇里念初中的江山，早早地就琢磨起考高中的事情来，他要给自己定一个奋斗的目标，然后用劲一路奔跑过去。

江山得知北江中学在韶关市的高中里排名最前，他就下定决心，立志要到那里去上学。有目标就有动力，而跑步会给信念增添飞翔的翅膀。

拼命，拼命，唯有拼命。

他跑出了全校 1500 米冠军。

拼命，拼命，唯有拼命。

他的学习成绩始终名列前茅。

最终，江山如愿以偿地考上了北江中学。

爸爸和姐姐送他去韶关市上学。

江山跳跃着，欢笑着，充满了胜利的喜悦和对未来的憧憬。

没有想到，在江山返身踏入校门的那一刻，他的爸爸竟泪水纵横。这位平时很少流泪的父亲对江山的姐姐说："怎么办啊，江山在家里一直是说客家话的，他的普通话不太好，在这里上学，人家能听懂他说的话吗，要是听不懂，他连饭都会吃不上的啊！"

江山听姐姐告诉他这事后，在电话里不禁也哽咽了，他知道这是最深沉的父爱。他跟爸爸说："你放心吧，如果他们听不懂我的话，那我会用手指点菜的！"

确实，江山进了北江中学后，才第一次正儿八经地讲起了普通话。虽然还不太适应，但他积极上进的热情在这所心向往之的校园里给点燃了。

学校举行运动会，江山一口气报了1500米和3000米两个长跑项目。

这是他第一次站在北江中学校运会的赛场上。

发号枪响。

江山如箭一般地冲了出去，他在跑道上飞奔，一会儿就成了领跑者。

一圈过后，甩下了一拨人。

两圈过后，又甩下了一拨人。

最后一圈，他全力冲刺，势不可当地跑向终点。

撞线后，他回头看了看身后，第二名与他相距差不多有300米之远。

全场山呼海啸。

江山无可争议地夺得了1500米和3000米两项冠军。

大家记住了这个普通话说得不太地道的男生。

江山要继续冲刺，他要参加学生会的竞选。

发表竞选演说时，江山说的普通话的确引发了不少的笑声，但他就像在赛场上一样勇敢无畏，他诚恳地说："虽然我的普通话不标准，但我会为同学们提供最好的服务！你们也会帮助我把普通话说得好起来的！"

江山的真挚和热情最终赢得了同学们的支持，他成功当选学生会宣传部部长，并出任《北江时报》主编。

《北江时报》只有两张 A4 纸，一个月办一期，尽管简陋，但江山还是花了很多的心血。他在报上开辟了《学生心声》栏目，反映同学们的各种意见和建议，大受欢迎。有一阵，同学们对食堂的伙食不满意，他就在栏目里刊登了批评文章，出报那天，如同洛阳纸贵，大家纷纷传阅，而学校听取学生们的意见后，立刻进行整改，伙食确实有了不小的改善。

这件事让江山很有成就感，于是，将来做一名记者的心思滋长了起来，他的梦想树上有了新发的一枝。

高二的时候，空军部队去学校挑飞行员，江山跃跃欲试。

很快，他通过了学校的初选和体检。

进入第二轮，韶关市的体检也通过了。

江山士气大振，他随之前往广州空军医院体检。

在那里，江山遇到了一位空军军官。

见到活泼开朗、阳光帅气的江山，空军军官问他的出生年月。

他脱口而出："11月11日。"

空军军官一下笑了："你和人民空军同一天生日啊！看来，你注定是要当空军的。"

江山听后，越加兴奋了。

可是，最后，江山却没有被选中。他不知道，这次招收空军飞行员，整个广东省一共只有十个名额，他能进入决选，已经够好的了。

不过，这事对江山还是打击挺大的，有一段时间，他闷闷

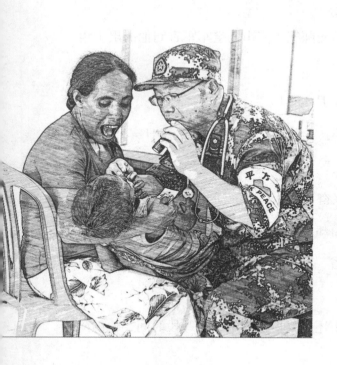

不乐，连天空都不想抬头看一眼了。

那天，江山回到了操场，他一口气跑了 10 000 米。

然后，他躺倒在跑道边，大口大口地喘气，直到听见自己"怦怦"的心跳声渐渐平缓。

他从书包里掏出一本书来，随便打开一页，有一个句子扑面而来——

失去了满天繁星，我将拥有一片蔚蓝。

江山想，这是什么意思呢？我失去了天空，但我会拥有"蔚蓝"？"蔚蓝"是什么？

他想了很久，突然，他一下子蹦跳起来：这是不是个暗示，"蔚蓝"不就是大海吗？也许，我当不成空军，但我会当成海军！

大海，蔚蓝的大海！你是什么样子的呢？你会不会接纳我这个想当兵的人？

是的，自小到大，江山还从未见过大海。

可就是那一瞬，蔚蓝的大海闯入了他的脑袋。

将来，我要去参加海军！

江山的那棵梦想树上，再一次萌发了新枝。

江山又开始了他向着既定目标的长跑。

拼命，拼命，唯有拼命。

他再次跑出了全校1500米和3000米的冠军，没人可以超越。

拼命，拼命，唯有拼命。

他的学习成绩继续保持领先。

梦想之树，昂扬勃发。

1998年9月，江山考入海军广州舰艇学院，就读水面舰艇基层指挥专业；2003年9月转入海军潜艇学院，就读潜艇指挥专业；2009年9月，他又考入北京大学新闻传播学院，成为在职硕士研究生。

有梦就能创造奇迹：江山当上了海军，成了362潜艇的副部门长。

有梦就能创造奇迹：江山当上了记者，成了《人民海军报》的军事记者。

……

此刻，江山的镜头对准了儿童康复中心里的男孩柯枫。

柯枫因先天残疾，既无法站立，也无法说话，他一直俯卧在一张简易床上，看着中国军人带来的各种文艺节目，他们一会儿翩翩起舞，一会儿引吭高歌，他完全被吸引住了，时而鼓掌，时而兴奋地发出"啊啊"的大叫。

这时，三位和平方舟的护士把健康洗手的要领通过唱歌伴舞的形式展现给孩子们看。

孩子们伸出双手，在康复中心工作人员的协助下，有板有眼地学着。

趴在床上的柯枫也伸出手，跟着中国护士比画起来，他显得非常开心。

看到江山正对着自己拍照，柯枫自信地露出满脸的笑容。

康复中心行政主管维西提德告诉江山，柯枫在安提瓜和巴布达是个"明星男孩"，因为他身残志坚、乐观向上的故事感动了许多的人。柯枫最大的梦想是做一名画家，他爱好绘画，不管多么艰难，他每天都拿起画笔绘画。

维西提德展示柯枫的画作，江山发现他画得最多的是一颗颗爱心。

维西提德说，柯枫希望有一天要把爱心画满全世界。

这时，和平方舟船员桂江波走了过来。

桂江波不仅是位出色的炊事员，还擅长绘画，得知柯枫跟他一样喜欢画画，他提议与柯枫合作，一起创作一幅绘画作品。

柯枫立刻点头答应了。

江山知道他遇到一个"好故事"了，稳稳地托着相机。

柯枫撑起身子，坐在床上。

桂江波画了一艘大白船，他告诉柯枫，这就是现在正停靠在圣约翰港的和平方舟。

然后，桂江波又画了一名中国军医。

柯枫笑着使劲地点头。

桂江波把画笔递给柯枫。

柯枫倾着身子，先是在中国军医的旁边画了一个安提瓜和巴布达人，接着，在那艘大白船的上面，一笔一笔地画出了好几只飞翔的和平鸽。

这时，江山觉得相机的镜头有些模糊，他下意识地抹了抹眼睛，发现其实是自己的眼里冒出了泪花。

所有人都鼓起掌来。

忽然，有个孩子叫道："过两天柯枫就要过生日了！"

桂江波一听，笑着说："太好了，我正好带来了今天新做的蛋糕，那就送给柯枫吧！"

桂江波拿出了自己一早专门给孩子们烹制的红色的心形蛋糕。

柯枫惊喜万分，张开的嘴巴久久没有合拢。

桂江波抱住他，大声地唱起《祝你生日快乐》。

一时间，所有人都唱了起来。

江山"咔嚓咔嚓"地按下快门，将这一刻定格在了他的镜头里。

英国籍的志愿者奥德乐姆是这个康复中心慈善项目的负责人，她让江山给她看一下相机里拍摄的照片，她一张一张地看着，感动得泪流满面。她说："爱是没有国界的，和平方舟把人间的大爱带到了全世界！"

江山想，是啊，这是一份可以传递的爱，在这世间，唯有爱能穿越一切障碍，也唯有爱能让一个人健康地成长。

江山也是个心里有爱的人。

高中毕业那会儿，即将离校的江山想为学校做一件有意义的事情。他想到学校里有一个"特困生基金会"，专门资助经济上有困难的学生，他想，要是能给基金会捐赠一笔款项就好了，这可以给经济拮据的同学带去帮助，送去温暖。可是，怎么去筹措这笔钱呢？

一些跟江山有同样想法的同学凑在一起商量。

真所谓几个臭皮匠赛过一个诸葛亮，他们居然想出了一个好主意——北江中学可是粤北地区闻名遐迩的好学校，这里的学生煞是了得，那些高考成绩优秀的学生更是让人羡慕不已，

他们在学习上肯定都有各自的一套本事，谁都希望得到他们的复习资料和笔记，那何不将这些复习资料和笔记做个义卖呢？

想到就做，于是，同学们把自己的复习资料和笔记捐赠出来，摆了一个地摊义卖。没想到，人们闻风而来，资料和笔记很快就卖完了，一共筹集到两千多元。

江山和另外三个同学将义卖获得的全部钱款郑重地交到校长的手中。

就这样，江山以一颗爱心告别了自己的中学时代。

……

正当柯枫和小朋友们一起品尝"生日蛋糕"的时候，慰问演出继续进行。

和平方舟船员邀请一名康复中心的小女孩，给大家表演魔术《梦想的力量》。

江山立刻将镜头拉了过来。

魔术师搬来一张小桌，他前前后后，上上下下，左左右右，让大家确认这是一张普通的小桌子。

然后，魔术师请小女孩坐到了小桌子上面。

只见魔术师对手里拿着的魔术棒轻轻地吹了口气，再将魔术棒指向小桌子。

奇迹发生了！

随着魔术师一点点地抬升魔术棒，那只小桌子竟然自己升起来了。

实在太神奇了，太不可思议了。

孩子们已经顾不得吃蛋糕了，他们的手停在了空中，他们的眼睛一眨不眨。

整个房间里的空气像凝固了一般。

所有人都屏住气息，盯着眼前这让人难以相信的一幕。

小桌子在空中停了一会儿，然后又随着魔术棒的指点，轻轻落下。

小桌子稳稳落在了地面。

房间里没有声音。

过了几秒钟，蓦然间，爆发出了欢快的掌声和喝彩声。

孩子们惊喜地睁大眼睛，笑得像花朵一样，很多人的嘴巴、鼻子、脸颊，甚至额头上都沾着红色蛋糕上的奶油。

魔术师对孩子们说："我们每个孩子都要有自己的梦想，有了梦想，就会有力量，就能排除困难，创造奇迹！"

孩子们一个个把攥紧拳头的小手高高地举了起来。

江山将这一切都摄入了他的镜头里。

是的，有梦想就有力量，就会创造奇迹。

江山不由得想起了四川的那位女孩。

2008 年，四川汶川发生特大地震，江山随海军首支医疗救援队紧急奔赴灾区，作为海军派往抗震救灾前线的第一批记者，江山用他的相机记录了一幕幕催人泪下的场面，既有大地震造成的满目疮痍，也有医护人员抢救伤员的奋不顾身，还有面对灾难顽强不屈的人们。其中他拍摄的那张《营救"芭蕾女孩"》

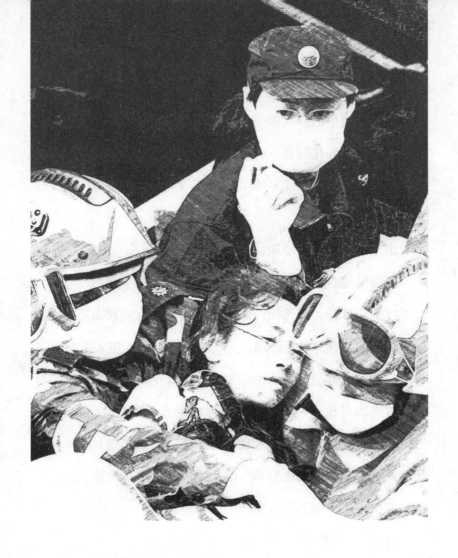

的照片，至今仍深深地留存在无数人的记忆中。

　　2008 年 5 月 15 日，北川县曲山小学四年级的十一岁女孩李月已经在废墟中被埋了整整七十七个小时，她的左腿被巨大的楼板横梁死死压住，而这时，大型机械根本进不来，救援人员无计可施。

　　女孩的生命岌岌可危。

生死关头，为了挽救女孩的生命，海军总医院的医护人员不得不当机立断：截肢。

听到这个决定，气息奄奄的李月流出了晶莹的眼泪。

李月从小喜欢芭蕾，梦想长大后成为一名芭蕾舞演员。汶川地震发生前两年，她已经开始学习芭蕾舞了。为了将来登上舞台，她练得很刻苦很扎实，如果被截肢，那她的芭蕾梦就将粉碎。

但是，攸关生死，李月必须坚强地面对。

一场拯救生命的接力开始了。

几名医护人员冒着余震频发的危险，钻进坍塌楼房形成的黑洞中，为李月施行手术，截去已经坏死的左下肢。

李月从废墟中被抬了出来。

等候在外面空地上的医护人员随即为她进行术后处理。

紧接着，医护人员和救援人员争分夺秒地抬着她，在被地震破坏的山路上走了一个多小时，把她送上救护车，车子朝几十公里之外的医院疾驰而去。

李月劫后重生。

而这一场惊心动魄的拯救生命的接力都被江山用相机拍摄了下来，并且第一个向全世界报道，鼓舞起人们抗震救灾的必胜信念。

虽然失去了一条左腿，但李月并没有因此放弃她的梦想。

2008年9月6日，北京残奥会开幕式上，李月身着芭蕾裙装，脚穿红舞鞋，坐在轮椅上，张开双臂，在星光灿烂的夜空下与"芭蕾王子"吕萌共舞，成功演绎《永不停歇的舞步》。李月成了全世界注目的焦点，她的精彩表演和顽强意志让全球数十亿观众为之动容。

这就是梦想的力量。

江山拍摄的《营救"芭蕾女孩"》荣获"寻找最可爱的人"全国抗震救灾图片展一等奖，他与同事合作撰写的报道《"芭蕾女孩"与海军的生死情缘》荣获全军新闻奖二等奖。这一年，由于江山工作出色，他被解放军总政治部授予"全军新闻宣传先进个人"称号。

江山心里的那棵梦想树，如今已经长得很高很高，枝繁叶茂。

在离开安提瓜和巴布达儿童康复中心的时候，江山紧紧地握着男孩柯枫的手，对他说道："加油！"

柯枫举起手来，回了江山一个"加油"的手势。

中巴车要下山了。

江山站在山顶俯瞰，停泊在码头上的大白船与城里的红瓦绿树，构成了一幅和谐恬然的美景。

三次随和平方舟出征，江山在大白船上度过了五百零二个日日夜夜，拍摄了十五万张珍贵的照片。

在某海军基地，我问江山："你的成长经历中一直伴随着奔跑，你现在还在跑步吗？"

江山说："我是一个永远奔跑的少年！直到现在，我还在奔跑，我感觉自己还像个年轻人。跑步让我受益太多了，锻炼的不仅是身体，还有心灵和精神。只有在跑步中，我才能真切地感觉到距离梦想的实现越来越近。"

江山继续奔跑着。他每天差不多会跑个 5000 米，有时候，隔上一天，或者是周末，他会跑个 10000 米。在他的带动下，他所在部队的官兵也喜爱上了跑步，有的甚至开始跑马拉松，而且是全程的。江山说，我相信，有一天我也会参加马拉松长跑，在马拉松的队伍里一定会有我的身影。

前不久，江山应邀去上海第二十五中学做了一次讲演，结束时，他这样说道——

我要送给同学们三句话：第一句话，敢于有梦，再遥远的风景都在眼前；第二句话，勇于追梦，梦想的力量真神奇；第三句话，勤于圆梦，奋斗的彼岸有芬芳。

你的未来，藏在你的梦想里。

奔跑吧，少年。

第5章

再 见， 我 们 又 出 发 啦！

—— 没 有 结 束 的 故 事

"他们是守卫和平的时代楷模"

2019 年 12 月 13 日。

浙江。

舟山某军港。

天还没亮，可和平方舟政治委员陈洋阳早早地就来到了甲板上。

他一夜都没睡着。

月亮高挂在天空，数不清的小星星像是害羞又调皮的孩子，捉迷藏一般影影绰绰的，还不断地眨着眼睛。

海面上风平浪静，只有一阵阵有规律的海水到达岸边时的拍打声，但也是轻轻的，柔柔的。

虽然已时值冬季，但这是个少有的暖冬，尤其是这些天，特别暖和，没有寒潮来临的消息。

其实，陈洋阳更多感受到的是心里的暖和。

一会儿，曙色亮起的时候，陈洋阳就会看到已经布置完毕的大白船上的场面了，特别是在撤离平台上搭起的"大舞台"，既庄严，又壮观。

对于陈洋阳，对于和平方舟所有的官兵，今天都将是难忘的日子。

第一缕晨曦只是一道金边，但转眼之间已是豁然一片了，再次转眼，金光万丈，太阳已然跃出海面。

无数次看过海上日出的陈洋阳，此刻心跳加快了，他按捺不住内心的激动——当阳光照彻整个大海、整艘大白船时，和平方舟荣获"时代楷模"称号的发布会就要在这里隆重举行了。

陈洋阳回到办公室，一次次地检查身上的穿戴：藏青色的军服、白色的衬衫，深色的领带，黑色的皮鞋；头上是黑白相间的军帽，军帽上，金黄色的"八一"军徽闪闪发亮。

陈洋阳是 2014 年来到和平方舟的，在他的办公室里，有一幅很大的世界地图，在这幅已微微泛黄的地图上，他用黑色马克笔标注了他随和平方舟曾经到过的每一个地方，而每一个小黑点的背后，他都清晰地记得许许多多发生过的故事。

曾经有一个外国小女孩对陈洋阳说："以前我知道中国有长城和大熊猫，现在我知道了，中国还有一条大白船。"

还有一位外国小伙子对陈洋阳说："我们这里的码头也停靠过其他国家的军舰，他们带着的是飞机、大炮，只有中国的军舰给我们带来医生和医药，给我们送来健康和平安。"

陈洋阳觉得，和平方舟每一次出征，都是把中国人民的友谊播撒到世界的各个角落，把中国人民的爱心植入到世界人民的心里。

如今，和平方舟名扬世界，作为政委，陈洋阳当然感到非常自豪和骄傲，可他认为，"时代楷模"这一称号，不仅仅是属于和平方舟的光荣，也是属于人民海军所有官兵的荣耀。

陈洋阳再次走到甲板上。

此刻，海上的空气格外澄明，把人们所说的天空蓝衬托得无比纯净。

阳光投射下来，"大舞台"的 LED 屏幕上，"时代楷模"四个大字雄浑而挺拔。

今天，这里也铺上了"红地毯"，可这红地毯跟其他任何的红地毯不一样，因为它铺展开来的是一个"红十字"。

2019年，这个年份注定会让陈洋阳铭记终生——这一年，是中国人民海军诞生七十周年，也是和平方舟入列十一周年。

陈洋阳的眼睛有些湿润。

9点整，中共中央宣传部向全社会宣传发布海军"和平方舟"号医院船先进事迹、授予医院船"时代楷模"称号仪式正式开始。

彩旗飘扬。

国歌声雄壮。

在播放反映医院船先进事迹的视频短片后，大屏幕上一行行地打出了《中共中央宣传部关于授予海军"和平方舟"号医院船"时代楷模"称号的决定》：

海军"和平方舟"号医院船是我国首艘制式远洋医院船，是加快推进海军转型发展的先锋舰船。入列以来，"和平方舟"号医院船以"和谐使命"任务为主要载体，勇闯大洋锤炼远海卫勤保障能力，远赴海外开展人道主义医疗服务，在波峰浪谷中砥砺强军之志，在卫护士兵中增强打赢本领，在救死扶伤中传递和平理念，先后9次走出国门，航行24万余海里，服务43个国家和地区、23万余人次，极大提升了备战打仗水平，有力服务了国家政治外交大局，赢得了国内外高度赞誉。两次光荣接受习近平总书记检阅，荣获"中国青年五四奖章集体""人民海军70周年突出贡献单位"等称号，荣立一等功一次、二等功两次、三等功一次。

"和平方舟"号医院船是习近平强军思想的忠诚践行者，是舰行万里守卫和平的友谊使者。为大力弘扬他们的感人事迹和崇高精神，激励广大部队官兵牢记领袖嘱托，担当时代使命，狠抓练兵备战，投身强军实践，中共中央宣传部决定，授予"和平方舟"号医院船"时代楷模"称号，号召全社会特别是广大部队官兵向他们学习。

在高昂和激越的音乐旋律中，和平方舟代表上台领取奖章和证书。

陈洋阳等十二位官兵昂首阔步，各个精神抖擞，因为他们代表着曾在和平方舟工作过的全部三千零九十二名官兵。

八个佩戴红领巾的少先队员走上前去，向他们献上鲜花。

孩子们穿着白衬衫，黑色背心上镶嵌着的金边，在阳光下熠熠闪亮。

在热烈的掌声中，几位官兵与到会的人们分享他们随和平方舟奔赴远海大洋的心得和感受。

海上医院院长孙涛出人意料地拿出一块尿布。

这是一块写在尿布上的感谢信。

原来，和平方舟 2013 年在菲律宾执行人道主义医疗救治任务时，在医院船上安全地接生了四位小宝宝。

小宝宝们的父母都是遭受特大飓风袭击的受灾者，他们急急忙忙去船上时啥也没带。小宝宝们出生后，没有衣服，也没有尿布，和平方舟的医护人员便用床罩做了小衣服，还将被单改成一块块的尿布。

那时，受灾的民众都很恐惧和绝望，四个小生命的诞生给他们带去了很多的温暖和希望。

出院离船的时候，第一位出生的小宝宝的爸爸想给医护人员写一封大大的感谢信，可他一时没找到合适的纸，于是，就在用被单做成的一块干净的尿布上写了起来。

在这封感谢信上，小宝宝的爸爸写道："非常感谢和平方舟来帮助我们！我们非常热爱中国！谢谢！再见！托皮亚全家！"

孙涛说："由被单改的一块尿布，因为写上了'和平方舟'的名字而变得意义不同！"

如今，这块尿布被珍藏在和平方舟医院船上。

军医李鹏讲述了自己在和平方舟上的经历。

李鹏是执行"和谐使命—2013"任务的最年轻的军医，他是一名麻醉医生。

那是李鹏第一次随和平方舟出征，一开始，他既兴奋又激动，因为小时候当海军逐浪远航的梦想终于实现了。

但很快地，忙碌就将这一切给淹没了。

这次出征，和平方舟在一百二十四天的时间里，一共做了二百九十三台手术。

让李鹏感慨的是，和平方舟每到一个国家，总是天还没亮，就有成百上千的老百姓在港口排队等着上船就诊。

在马尔代夫，李鹏和主刀军医侯黎升为一个患有先天性疾病的小男孩做了手术。小男孩来的时候，眼神黯淡，心情低落，李鹏见后特别心疼。动完手术后，小男孩像换了一个人似的，开心地搂着他们的脖子不撒手。

这次执行任务，最多的一天，和平方舟做了二十三台手术，如果一台手术平均一个小时的话，那么这一天里，李鹏有二十三个小时是在手术间里度过的。

李鹏说："那时的我们就像汽车加满了油，根本不知道累。看到不同国家、不同肤色、不同年龄的人恢复健康，面带笑容，这个时候，我为自己身上的红十字自豪，为自己身上的这身军装自豪，更为自己身后强大的祖国自豪！"

这时，陈洋阳站在了"红地毯"上。

他抬起手来，向大家致了一个标准的军礼。

陈洋阳用响亮的声音说："有人问我，作为一艘军舰，为什么我们要不远万里，去世界各地送医送药？我想说的是，因为我们中华民族自古以来就有亲邻友善的优良传统，而和平方舟作为医院船，开展医疗服务、救死扶伤，这是我们的道义所在。回首过去，和平方舟在忠实履行党和人民赋予的新时代使命任务中，收获了煌煌荣誉。展望未来，我们将视使命如生命，化荣誉为动力，在全面建成世界一流海军的伟大征程中，再立新功，再创辉煌！"

在如雷般的掌声中，我看见陈洋阳的眼睛在阳光的照射下，泛着晶莹透明的光亮。

是啊，弄潮儿向涛头立，新时代，新征程，呼唤着和平方舟一次次扬帆起航。

这是一艘仁爱之舟。

这是一艘友谊之舟。

和平方舟满载着中国人民对和平的热爱和希冀，向着构建人类命运共同体的美好梦想，乘风破浪，高歌凯旋。

"先去武汉战病毒，再回大白船"

按照构想，郭妍是这本书里最后出场的一位女军医。

2020 年伊始，我便和她相约采访时间，但那时临近过年，她所在的海军军医大学第一附属医院（长海医院）安排了她不少的值班，所以，最后我与她约定鼠年的正月十五见面，那是元宵佳节，我将在这个中国传统的节日里，与她一边吃着汤圆，一边听她讲述随和平方舟执行"和谐使命—2017"任务的故事。

但是，一场突如其来的疫情，把我们的计划给打乱了。

正当人们兴高采烈地准备过年的时候，新型冠状病毒却悄无声息而又汹汹然地向我们袭来，它到处肆虐，迅速蔓延，尤其是武汉，成千上万的人被传染，生死悬于一线。

全中国人民忧心如焚。

国家紧急医学救援队火速组建起来，来自全军和全国各地的四万两千多名医护人员义无反顾、舍生忘死地逆向出征，奔赴湖北，驰援武汉。

2月17日，郭妍登上了飞往武汉的航班，飞机上，除了医护人员，还载有众多的救援物资。

武汉天河国际机场，空空荡荡，原有的喧闹戛然而止，整座城市停摆。

作为中国人民解放军第二批医疗队队员，郭妍迅速到达湖北省妇幼保健院光谷院区，那里现在成了收治新冠肺炎重症患者的抗疫一线医院。

郭妍被分配到感染一科，参与临床值班，救治危重病人，那真的就是与病毒激烈交锋的战区了。

为了防止感染，所有进入隔离病区的医护人员必须穿防护服，戴医用口罩，戴护目眼镜，身体所有的部位都不得暴露。

光是穿那套防护服，就要花上半个钟头。

经过几道关口，郭妍进入隔离病区。

由于"全副武装"，不要说病人了，即使医护人员之间都认不出彼此，所以大家都在防护服上写上自己的姓名和所属医院。

第一天，郭妍除了写"郭妍，长海"，还写了大大的四个字和一个感叹号："武汉加油！"

当她走进ICU重症监护室时，有一位躺在床上，正在吸氧的老伯挣扎着欠起身来，向她敬了个礼。顿时，她强烈地感受到病人对自己的信赖和托付，她想，自己一定要竭尽全力，把病人从死神的手里抢夺回来。

如今，完全是昼夜颠倒了。

郭妍每天坐指挥部安排的公交车，在光谷青年城驻地与医院之间往返，都是在浓重的夜色里交接班，因此，她都没有见过外面的白天，没有见过阳光。

护目镜将额头、眼睛、耳朵和鼻子压得生疼、变形。

厚厚的防护服是密不透气的，所以脱下来便全是汗水。

为了节约时间，节省防护物品，郭妍每次进病区，都长时间不吃不喝，也不上厕所，由于体力消耗很大，因而导致有时候会犯晕。

那天，从病房出来，累极了的郭妍坐在走廊里，眯了一会儿眼睛。

倏忽间，她梦见了大海，梦见了和平方舟。

执行"和谐使命—2017"任务的和平方舟在茫茫大洋上航行，驶向非洲中部国家加蓬。

这是中国海军舰艇首次访问加蓬。

快要抵达加蓬首都利伯维尔的奥文多港时，郭妍列队站在甲板上。

这天正好是中国的"十一"国庆节，加蓬军乐队在码头上奏起了中国国歌。

海风吹拂着，女军医郭妍英姿焕发。

郭妍是和平方舟医院船上的第一位内分泌科医生。

郭妍是个喜欢钻研学问的人。

比如说，提前做功课了解下一个到访国家，就是郭妍最喜爱的事情，所以要是问起加蓬来，她会滔滔不绝地告诉你，加蓬位于非洲中西部，横跨赤道线，东、南与刚果相连，北与喀麦隆、赤道几内亚交界，西濒大西洋，海岸线长达八百公里。这里绿树成荫，有雪白的海滩，有深蓝无边的大海，素有中非"和平绿洲"的美誉。

又比如说，出发前，郭妍查阅了大量文献资料，了解到非洲人群尽管肥胖症不多，但由于饮食等各方面的原因导致糖尿病发生率并不算低，还有不少内分泌专科疾病。因此，她要求自己做到心中有数，并尽力做好专业方面的各项准备。

果然，郭妍在主平台上一开诊，就有导诊护士过来告诉她，有位母亲在寻找内分泌专科医生。

不一会儿，一位年轻的妈妈急急地抱着孩子来到郭妍面前。

这位妈妈齐耳短发，穿着具有民族特色的虎纹上衣，下身是一条靛蓝牛仔裤，她的孩子则穿着粉红色小吊带裙，十分可爱。

年轻的妈妈看上去非常焦虑。

她跟郭妍说，她的宝贝女儿已经十五个月大了，这是她的第一个孩子，她将她视为掌上明珠，至今一直在母乳喂养，但孩子却还不能独立行走，身高增长也不明显。这位妈妈忧心忡忡地说，她怀疑她的宝宝在生长发育上出了问题，要是孩子患有什么先天的遗传疾病，那她会无法接受的。

看着她心焦的样子，郭妍连连安慰她，说会为孩子好好做个检查。

经过测量，小女孩的身高为七十厘米，如果在中国国内，确实也算是在中位数以下的。

郭妍仔细地对小女孩进行了全身的专科检查，发现基本发育正常，智力水平也没问题，还能够按照她的指令做一些动作。

根据郭妍的经验判断，小女孩总体上发育是正常的，也没有遗传疾病的依据。可是，为什么她的身高不拔尖呢？郭妍先前钻研的学问帮到了她。她觉得这可能与营养有关，因为十五个月大的孩子还是纯母乳喂养，如果辅食添加不够充足的话，那就会影响到小孩的生长发育了。

郭妍把她的判断告诉了年轻的妈妈，还建议她减少母乳喂养，逐渐加强辅食，并增加一些维生素D和钙剂的补充。

听了郭妍说的话，那位妈妈将信将疑，问郭妍情况是否真的乐观。

郭妍笑着对她说，我很

乐观。

那位妈妈追问郭妍凭借的是什么。

郭妍附在她的耳边，轻声地说："我告诉您，其实我也遇到过像您这样的困扰。我也有一个女儿，个子也不高，那时，我跟您一样着急，也没少带她去医院检查甲状腺功能等，因为抽血，我女儿还哭了好几次鼻子，但查来查去也没什么问题。后来，我发现其实问题出在饮食上面，摄入的营养不够不全，所以赶紧做了调整，现在我女儿长得很健康！"

年轻的妈妈这下会心地笑了。

她跟郭妍说："那我现在也乐观了！"

临走时，这位妈妈热情洋溢地拥抱了郭妍。

郭妍心想，其实，天底下的妈妈心态都是一样的。

……

这时，一位护士紧张地跑来，这下把郭妍给惊醒了。

护士说，ICU病房里的那位老伯血氧饱和度又跌下去了。

郭妍冲进病房。

病房里除了病人的呻吟，就是各种仪器发出的"滴滴答答"声了。

喜欢钻研的郭妍从进入感染一科开始，就对自己负责的一批患者的病况做了详细的了解。

这位老伯姓吴，七十二岁，发烧，伴阵发性干咳，气喘，乏力，胸部 CT 显示双肺磨玻璃影，血氧饱和度只有 88% ~ 89%。在临床医学上，血氧饱和度指的是血液中被氧结合的氧合血红蛋白的容量占全部可结合的血红蛋白容量的百分比，即血液中血氧的浓度，它是呼吸循环的重要生理参数，正常人体动脉血的血氧饱和度为 98%，如果低于 90%，人就处于乏氧状态，有一种比较形象的说法，就是相当于溺水，此时，生命危急。更要命的是，老伯还患有多种基础疾病，不仅有高血压，心脏也不好，装有心脏起搏器。

给吴老伯细致检查后，郭妍和同事们一起商讨并当即下了医嘱，上高流量吸氧仪以提高血氧饱和度，使用托珠单抗疗法抑制炎症风暴，同时控制血压，跟进营养支持。

老伯的血氧饱和度慢慢上来了。

郭妍的眉头稍稍舒缓。

那天，她回到驻地，打开手机微信，见里面有一条用红色标记的语音留言，是她的孩子发来的。

郭妍是两个孩子的母亲。

她的女儿八周岁还没到，正上小学二年级。

她的儿子才四周岁，在幼儿园上小班。

郭妍把手机贴近耳朵，听到了孩子们给她的留言，他们说："妈妈，我们好想你，你什么时候回来呀？"

这次临出发前，女儿一直在哭。

女儿问郭妍："妈妈，你又去大白船吗？"

郭妍回答道："妈妈先去武汉战病毒，以后再回大白船！"

女儿又问："病毒很危险吗？"

郭妍告诉她："很危险。"

女儿继续问："很危险，你还去干吗？"

郭妍说："妈妈是军医，军医的工作就是跟病毒作战，所以越是危险就越要冲上去！"

儿子紧紧地抱住郭妍的腿，不让她走。

郭妍抹着眼睛，关照女儿："你是姐姐，你要帮妈妈看好弟弟，这样妈妈才放心呢。"

女儿问道："你会去很长时间吗？"

郭妍想了想说："很快的，我们很快就会把病毒打败的！"

女儿努了努嘴："你上次去大白船也说很快回来的，结果去了一百五十五天！"

郭妍非常惊讶："你怎么记得那么清楚？那时你才只有五岁啊！"

的确，郭妍参加"和谐使命—2017"任务时，外出了整整一百五十五天，在长长的日子里，每到晚上，伴着海浪的摇晃，她就会思念两个幼小的孩子。想着想着，泪水便涌了上来。

郭妍把对孩子的思念化作一种力量，用在给患者认真治疗上面，她觉得，只有这样，"抛家别子"才有了意义和价值。

和平方舟到访塞拉利昂时，郭妍随前出小分队出诊，一位妈妈带着两个男孩径直走到她的面前。

这也是一个年轻的妈妈，她梳着高高的发髻，编着精致的小辫子，鼻子上还打了一个钻石钉。她背着一个布袋，布袋里是她的小儿子，两三岁的样子，呆萌萌地探着头。

刹那间，郭妍想起了遥远的时光，那时候，她在贵州，正牙牙学语，她妈妈用一根布带缠成一个袋子，也是这样把她背在身后。很多年以后，郭妍自己也做了妈妈。她的妈妈把这根布带给她，说这是家里祖传下来的，背过一代又一代的孩子。郭妍接过了布带，并用它背起了自己的两个孩子。

这份记忆拉近了郭妍与这位非洲妈妈的距离。

年轻的妈妈先让小哥哥跟郭妍讲讲哪里不舒服。

小哥哥瘦瘦的，戴了一顶小帽子。他告诉郭妍上腹部不适，还会打嗝，有反酸嗳气的症状。郭妍给他做了检查，没有发热和腹痛。郭妍又仔细询问病史，了解到他最近饮食不太好，而且饮用水源也不是特别干净，根据她的专业判断，应该是功能性消化不良。

郭妍给小哥哥开了药。

那位妈妈比较忧心的还是背着的小弟弟。

小弟弟前些日子感冒了，治疗后基本症状大致缓解，只是一直咳嗽不断，晚上都不能好好睡觉。

年轻的妈妈因为着急，语速很快，一边说，一边用手比画着，看得出她对孩子的一份深厚的母爱。

郭妍心想，天下的母亲都是这样的，自己的小儿子是个小胖墩，每次感冒都要折腾好久，也是会持续干咳不少日子，她同样很是着急。

郭妍考虑这个小弟弟会不会有过敏或感染。于是，她细致地听诊他的双肺，还好未闻及明显的杂音，基本可以排除肺炎。

开了药后，那位妈妈还是显得有些不放心。

郭妍忽然想到，前几日，她在擅长中医推拿的儿科医生张传仓那里学了几招小儿推拿，打算以后家里的孩子要是不舒服

时也摆弄一下。她听张传仓讲儿童经络穴位以及推拿手法后，深感中医国粹的博大精深。她想，何不现在也给非洲妈妈传授几招？

郭妍开始教年轻的妈妈找清肺、天突、乳根穴位。推拿这几个穴位，有助于化痰止咳，排出肺经浊气。生怕那位妈妈不明白，郭妍手把手地教她掌握穴位位置和推拿手法。那位妈妈

脸上的表情从焦虑、疑惑到放松、开朗，而后再用充满惊奇的眼神看着郭妍，最终露出了释然的笑容。

后来，两位妈妈像是"闺蜜"一样聊开了。郭妍索性教起她一些饮食调节的办法，最后把中国人的"镇咳法宝"冰糖炖

雪梨也搬了出来。郭妍说着说着，突然想到不知这里有没有雪梨，没准连冰糖都没有，不由得笑了起来。

年轻的妈妈跟郭妍道别时，说了许多感激的话。

郭妍起身目送那位妈妈带着两个儿子离去。

背在身后的小弟弟回过头来，眼睛一眨不眨地望着郭妍。

恍惚间，郭妍仿佛看到了妈妈背着自己向她走来，而她也背着两个孩子向妈妈走去。

这真是神奇而穿越的一幕……

那个晚上，郭妍在武汉抗疫的驻地，和衣睡着了。

第二天，当她再度走进 ICU 重症监护室时，她在防护服上把自己两个孩子的名字都写上了——

"安心妈妈"

"宝获妈妈"

在医护人员的悉心治疗下，吴老伯的病情在好。

那天，吴老伯跟郭妍拉起了家常。

郭妍现在才明白，为什么吴老伯第一次看到她时会向她敬礼。

那是一个军礼。

原来，吴老伯也曾是一名脑外科军医，他的女儿受他影响，也做了医生，现在与郭妍一样，同样奋战在武汉抗疫一线。

郭妍肃然起敬。

吴老伯对郭妍说："谢谢你来武汉帮助我们，没有什么比军医之间可以更加互相信任的了，我有信心，你也要有信心，我会积极配合你治疗的，我坚信自己能挺过去！"

护目镜上泛起了水雾。

郭妍热泪盈眶。

她伸出手去，将吴老伯的手紧紧握住。

危重患者吴老伯终于击退病毒，挣脱了死神。

经 CT 复查，他的肺部炎症已经吸收，血氧饱和指数正常，核酸检测三次均为阴性。

吴老伯出院了。

他依依不舍地对郭妍说："虽然你'全副武装'，我看不清你的脸，但我看到了你的眼睛，这是一双军人的眼睛，一双美丽的眼睛，我会永远记在心里。"

那一刻，郭妍的内心充满了喜悦。

是的，包括郭妍在内的所有英勇无畏地在抗疫第一线冲锋陷阵的医护人员，都是新时代最可爱的人，他们在我们心里永远留驻了一双明亮的眼睛，这双眼睛是黑暗中的一道光，照亮前路，照亮天空，照亮人心，也给受难中的人们带来无比的温暖、仁爱、力量和希望。

艰难而阴霾的冬天终将过去，明媚的春天就在眼前，而后是繁盛的夏天，绚烂的秋天。

在我快写完此书的时候，"武汉保卫战"捷报频传，肆虐的新冠病毒在中国境内已被遏制，但郭妍还没踏上返程，她在电话里跟我说，她会继续留在这个没有硝烟的战场上，不获全胜决不收兵。

我的脑海里浮现着郭妍在和平方舟上拍的一张照片：她身穿蓝底迷彩服，披着白大褂，甲板上，海风猎猎，她把目光投向大海深处。

她是海军战士。

她也是白衣天使。

和平方舟将再一次扬帆启航。

我仿佛听见郭妍站在大白船船舷边向我们挥手道别："再见，我们又出发啦！"

出发，向着理想，向着光明！

出发，向着和平，向着未来！

这是一个没有结束的故事。

在和平方舟荣获"时代楷模"称号仪式上，东部战区海军某作战支援舰支队官兵一起唱响了歌曲《和平使者》，那铿锵昂扬的旋律将再次谱写在大海的波浪里——

当阳光照耀高山大海

我就是春风抚绿荒漠

每一个灿烂的日子

都有守卫和平的传说

当生命点亮万家灯火

我就是国旗一抹红色

每一个平凡的名字

全都属于你和平使者

这条路

多少人走过

岁岁年年 时时刻刻

唱响一首友谊的颂歌

这份爱

多少人执着

舰行万里 劈浪斩波

只为一句生命的承诺

二〇二〇年三月二十日完稿

编 后 记

最 可 爱 的 人 在 海 上

霍聃

2019 年 5 月的一天，对我来说，是一个难忘的日子。在中宣部组织的一次编辑培训会议上，我遇见了受邀发言的《军嫂》杂志总编彭清雯。

彭清雯父母都是军人，母亲是空军第四批女飞行员，自幼在这样的家庭环境下长大，她的性格也像军人，爽朗热忱，英姿勃勃。彭清雯介绍，《军嫂》这本杂志虽名为"军嫂"，指代的却是广大"军人家庭",她希望能通过这本杂志,讲述军人身边真实的情感故事,以此来反映军人和军属崇高的精神境界。同时,她也积极搭建平台,为军人家庭,尤其是军娃们组织活动,努力让他们有更多机会去开阔眼界,追逐星辰大海。

讴歌英雄,向少年儿童传递爱与美好,这与我们出版社一直追求的理念不谋而合。很快,我们便达成了合作意向。

我社社长、总编辑等领导高度重视,认为"军人家庭"的选题好,不仅要做,而且要做大,做成系列,要做到真正能代表军人和军人子弟的心之所想,情之所系。后来,彭清雯屡次到我社做客,讨论该如何推进选题。军队里的好题材很多,斟酌再三,在彭清雯的提议下,我们一致选择了"和平方舟",因为这艘大白船连接了世界上许多不同肤色的孩子们,承载了太多的爱与感动。

确定好选题后,我们有幸邀请到著名作家简平老师,来把握写作的方向盘。简平老师拥有多重身份,他的报告文学荣获过诸多全国大奖;同时,他也是一位儿童文学作家,非常熟悉孩子;他还是知名的制片人和电视记者,在采访方面有着丰富的经验。找简老师约稿时,他正在写另一部书稿,我以为他会拒绝,没想到,一听到这个写作任务,他立刻兴奋起来,一口答应。

创作团队"集结"完毕，我与简平老师等一起拜访了东部战区海军某有关单位，并通过部队同志的介绍，和曾出过和平方舟任务的医生、护士、船员等进行了一次次深入的采访交流。

初见这些穿着笔挺军装的军人们，我不由肃然起敬，在他们面前有点不敢说话，可一聊才发现，他们都是那样阳光、亲切，不管是开朗活泼的，还是害羞内敛的，都有一大箩筐故事可以说。那些故事如此真实、不可思议，我不由得惊叹：厉害了，你们每一个都是"宝藏男孩""宝藏女孩"！

先来说一个军医的故事吧。

这次和平方舟之旅，采访最多的要数军医，他们都是干练儒雅的模样，让人觉得可亲、可敬。他们讲述了许许多多治病救人的故事，但当我问到，登上和平方舟去援助外国的病人、病孩，最大的感受是什么？很多军医红了眼眶。我印象最深的是一位军医无意中说的一句"那些生病的孩子太需要我们了，真的太需要了"。不知为什么，这个朴素的句子时常出现在我脑海里，让我久久不能释怀。

我常常觉得这句话如此熟悉，后来回想起来，在许多年前，一个叫白求恩的加拿大医生也说过类似的话。当他听说中国正被日军野蛮侵略时，毫不犹豫地说："如果需要，我愿意到中国去，同你们一块儿战斗。"

白求恩是这样说的，也是这样做的。他不畏炮火，全心全意抢救伤员，直到牺牲了自己的生命。毛主席盛赞白求恩的国际主义精神，还专门写下了《纪念白求恩》一文。

柯尔克孜族有句谚语，"是不是英雄要让人民来评论。"直到今天，在全国许多地方，还有很多地名、校名和白求恩有关，这不就是正义自在人心吗？

如今，在别人有需要的时候，中国军医也像从前的白求恩一样，不畏艰难，挺身而出，这正是庄严践行了习总书记提出的人类命运共同体的理念。

再来说一个船员的故事。

在和平方舟上，有一个至关重要的地方，这里装着大白船的心脏——发动机。你知道和平方舟的发动机有多大吗？打个比方，它大约相当于两间你上课的教室那么大。这样大的机器，当然要让它待在够大、够安全的地方，于是，它被藏在大白船肚子的深处，像心脏一样昼夜不停地跳动，带动全船运转。

你一定会问，这样难道就行了吗？万一它出问题了怎么办？没错，这么复杂精密的机器，没人照顾可不行，必须请一位贴身"管家"。陈里德班长和他带领的战士们，主要的工作就是照顾它，让它能够正常运转。

你一定又会说，发动机都是自动工作的，照顾它一定很轻松吧。这可就大错特错了。就像电脑工作时间长了，主机会发热一样，时刻工作的发动机散发的热量，使得发动机舱内部的气温往往高达四十多度。不仅如此，机器工作时还会产生一些噪音，昼夜不停。这可难为了在发动机舱值班的战士，他们必须常年忍受高温和噪声，这是极其透支人体力和精力的。

因为人手有限，陈里德和他的战友们几乎一直要待在船舱深处，用他的话说，"大白船航行一路，我们班的战士很有可能连续几个月都见不上太阳哩！"

"实在太辛苦啦，值班时可以打盹吗？"我问。

"绝对不行，航行中不允许发动机出一点点问题，我们要时刻盯紧。在照顾发动机的过程中，我的耳朵还练成了一项本领，只要听它的声响，就能判断它是不是正常。"说到这儿，不善言辞的陈里德变得健谈起来，他滔滔不绝地讲述着机器发出什么样的声音是正常的，如果出现什么样的杂音，就说明机器哪里可能产生问题。我觉得这样的陈里德与其说是一位发动机管家，不如说是一位调音师，他把机器当成了乐器，把噪声当成了乐曲，把枯燥的工作转变成艺术一般来欣赏，这实在是太可爱了！

孩子们，未来，你们也会面临职业的选择，那时候，请你们想一想陈里德班长的故事吧。到祖国需要我们的地方去，在工作中寻找乐趣，这也是一种幸福。

接下来，再来讲一个轻松点儿的故事。

和平方舟每次出航，船上都有四五百位船员，炊事班做饭时忙得不可开交，可等吃完饭，收拾清洗碗碟就成了大问题——由于空间有限，不可能让大家排队洗自己的碗，于是，和平方舟制定了一项特殊的规定：每天安排一小组人专门负责洗碗，每个人都会轮到。哪管你是将军还是士兵，全部一视同仁，只要你在船上，就必须遵守这个规定。

当我问："洗那么多碗，很辛苦吧？"

一位战士回答道："一点不辛苦，我们都觉得很好玩呢。"

这可大大出乎我的意料。后来才知道，由于经常出任务，他们几乎很少能待在家，连为年幼的孩子喂上一口饭、为年迈的父母洗上一次碗都成了奢侈。久而久之，这些小细节就变成了对家庭的一种愧疚。于是，在方舟上尽心尽力洗上一回碗，相当于弥补了这个小小的缺憾。

而且啊，洗碗的魅力还不止于此，平时，大家都兢兢业业忙工作，没时间聊天，被分到洗碗的这天，就可以一边工作，一边"休闲"啦。想想看，老老少少围坐在一起，不同专业的军人谈天说地，洗碗区立刻变成了一个火花四溅的"舞台"！这里没有领导下属，没有长辈晚辈，没有异乡异地，只有讲不完的故事，话不尽的友谊。通过洗碗，很多战友在这里成了亲密的朋友。

说了这么多，你一定要问，你说的新时代的军人，最可爱的地方究竟在哪里？我想，自从建军以来，它始终没有改变，那就是"担当"。

习总书记教导我们："崇尚英雄才会产生英雄，争做英雄才能英雄辈出。"我们出版这本书的目的，就是弘扬和平方舟的精神，因为他们是新时代祖国最可爱的人。我们希望小朋友们能从英雄身上学到敢于担当、甘于奉献的爱国主义精神，从小就崇尚英雄，立下英雄志，长大争做英雄，把我们的祖国建设得更加强大。

在此，特别感谢东部战区海军刘亚迅、江山、张沈欣、胡冕，《军嫂》杂志彭清雯，以及所有我们采访过的人，由于篇幅有限，不能一一列举，但你们为本书的付出，会融入这本书每一个沉甸甸的文字中……

图书在版编目（CIP）数据

和平方舟的孩子 / 简平著. —上海：少年儿童出版社，
2020.10

ISBN 978-7-5589-0999-3

Ⅰ.①和… Ⅱ.①简… Ⅲ.①报告文学—中国—当
代 Ⅳ.① I25

中国版本图书馆 CIP 数据核字（2020）第 179357 号

和平方舟的孩子

简 平 著

江 山 摄影

金彦僖 封面画及手写字

赵晓音 装帧

出版人 冯 杰

责任编辑 霍 聃　美术编辑 赵晓音

责任校对 沈丽蓉　技术编辑 许 辉

出版发行　上海少年儿童出版社有限公司

地址 上海延安西路 1538 号　邮编 200052

印刷　天津旭丰源印刷有限公司

开本 720×980　1/16　印张 16　字数 138 千字　插页 1

2020 年 10 月第 1 版　　2022 年 3 月第 1 版第 5 次印刷

ISBN 978-7-5589-0999-3 / I·4656

定价 48.00 元